Fantômette

et le trésor du pharaon

GEORGES CHAULET

Illustrations : Laurence Moraine.

Hachette Livre, 43 quai de Grenelle, 75015, Paris.

Fantômette

et le trésor du pharaon

GEORGES CHAULET

hachette
JEUNESSE

Françoise

Sérieuse et travailleuse, Françoise est une élève modèle qui se passionne pour les intrigues. Vive, pleine de bon sens et intrépide, n'aurait-elle pas toutes les qualités d'une parfaite justicière ?

Ficelle

Excentrique, Ficelle collectionne toutes sortes de choses bizarres. Malgré ses gaffes et son étourderie légendaire, elle est persuadée qu'elle arrivera un jour à arrêter les méchants et à voler la vedette à Fantomette...

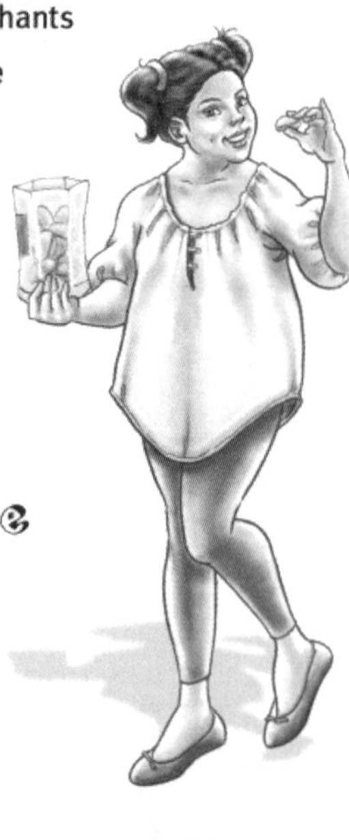

Boulotte

Gourmande avant tout, elle se moque pas mal du danger... tant qu'il y a à manger !

Mlle Bigoudi

Si elle apprécie Françoise, l'institutrice s'arrache souvent les cheveux avec Ficelle et lui administre bon nombre de punitions. Que penserait-elle si elle était au courant des aventures des trois amies !?

Œil de Lynx

Reporter, il suit de près les méfaits des bandits. Il est le seul à connaître la véritable identité de Fantômette et n'hésite pas, à l'occasion, à lui filer un petit coup de main !

chapitre 1

Le retour de Fantômette

Fantômette enlève son bonnet et son masque noir, dégrafe sa cape de soie, retire son justaucorps jaune pour enfiler un pyjama rose.

En quelques secondes, elle cesse d'être la redoutable justicière qui terrorise bandits et voleurs, pour redevenir une jeune personne aux yeux rieurs, semblable à n'importe quelle fille dont personne n'aurait songé à se méfier.

« Ouf ! Ça fait du bien de se retrouver chez soi ! »

Elle vient de vivre une aventure mouvementée, qui l'a opposée à un extraordinaire géant[1],

1. Voir *Fantômette contre le géant,* dans la même collection.

et retrouve maintenant avec plaisir ses ballerines de cuir rouge et sa télévision, devant laquelle elle a rarement le temps de s'installer. C'est bien rare en effet qu'elle puisse s'offrir le luxe d'une soirée devant le petit écran. On ne peut pas s'attarder à la maison, lorsqu'on emploie tout son temps à la chasse aux bandits !

Un verre de lait à la main, elle prend place dans un vaste fauteuil et met en marche la télé. Une série de publicités vantent les qualités des ouvre-boîtes Machin, du poil à gratter Chose, et des chaussettes Truc. Un présentateur parle ensuite de la conférence internationale des conférenciers internationaux.

Fantômette est sur le point de s'endormir, la nuit étant déjà tombée depuis un assez long moment, quand elle rouvre soudainement les yeux et écoute attentivement.

L'information suivante concerne la venue à Paris d'un savant au nom bizarre, le professeur Pflafluff. Le savant, spécialisé dans l'étude de l'Égypte ancienne, affirme avoir retrouvé la trace d'un trésor ayant appartenu au pharaon Ramsès IV. Une séquence en images montre l'égyptologue à sa descente d'avion. Il a un nez pointu et de grosses lunettes. Sa courte vue lui fait rater les marches de la passerelle, et il serait tombé de l'avion si un passager ne l'avait retenu par le col.

Puis il est accueilli par les reporters massés au pied de la passerelle, qui l'assaillent de questions.

— Professeur, de quoi se compose le trésor ?

— Est-il vrai qu'il serait caché en France ?

— Comment êtes-vous venu à l'égyptologie ?

— Depuis combien de temps vous occupez-vous de Ramsès IV ?

— Que représente pour vous la découverte d'un trésor ancien ?

Le professeur Pflafluff lève la main pour calmer les journalistes et répond tranquillement :

— Un moment ! Je ne prétends pas avoir découvert le trésor de Ramsès IV. Mais j'ai de bonnes raisons pour penser que, premièrement, ce trésor existe, et deuxièmement, qu'il est peut-être en France. Toutefois, je dois d'abord procéder à certaines vérifications. Après... je dis bien, après seulement, et si ces vérifications confirment mes théories, je dirai ce que je sais.

— Et quand aurez-vous terminé, professeur ?

— J'espère pouvoir tenir une conférence de presse dès demain matin.

— Peut-on avoir déjà une idée de l'endroit où doit se trouver ce trésor ?

— Je ne veux rien révéler pour l'instant. Sachez seulement que si les faits confirment mes suppositions, le monde entier sera étonné !

Sur cette affirmation impressionnante, le journal télévisé prend fin. Fantômette éteint le poste, puis s'étire en bâillant.

« Allons, il est temps d'aller au dodo. J'ai eu une journée chargée. »

Elle se glisse dans son lit et ferme les yeux. Mais le sommeil tarde à venir. Pendant une bonne demi-heure, elle tourne et retourne dans son esprit les étranges paroles du professeur Pflafluff. Comment le trésor d'un antique pharaon peut-il se trouver en France ? Qui l'y a apporté ? Quand ? Pourquoi ? Mais surtout, où ? ... Où donc l'a-t-on caché ?

« Bah ! J'ai bien tort de me casser la tête pour un problème qui se résoudra tout seul. Attendons demain soir, et je serai fixée. »

Elle s'endort alors pour de bon. Peut-être n'aurait-elle pas fermé l'œil de la nuit si elle avait pu se douter de ce qui allait arriver au cours des jours suivants, à cause de ce trésor...

chapitre 2

Antiquités égyptiennes

— Je me demande pourquoi on ne lui a pas fait de bras, à cette Vénus de Milo ? ... C'est comme la Victoire de Samothrace... Celle-là, en plus, elle a la tête... en moins ! ... Ah ! les sculpteurs de l'Antiquité étaient drôlement étourdis, pour oublier de leur faire des têtes et des bras !

Nez en l'air dans une des galeries du Louvre, la grande Ficelle fait partie d'un groupe d'écoliers venus visiter le musée sous la conduite de leur institutrice, Mlle Bigoudi. Près de Ficelle (blonde, mince au point de ressembler de très près à une aiguille à tricoter) se trouve Boulotte, une bonne dodue aux joues rebondies qui s'intéresse beaucoup moins à la sculpture qu'au bâton de nougat praliné qu'elle tient en main.

Une troisième fille – une brune à l'œil malicieux – demande à Ficelle :

— Tu ne penses pas que ces statues ont perdu leurs membres par accident, au cours des siècles ?

— Ah ! Tu crois, Françoise ? On les a cassées, alors ? comme des assiettes ?

— Oui.

— Oh ! Quel dommage !

Ficelle médite une seconde, puis remarque :

— En tout cas, ça a dû être plus commode pour les emballer et les expédier jusqu'ici...

L'institutrice vient interrompre les réflexions de la grande fille.

— Nous allons maintenant descendre vers les galeries des antiquités égyptiennes. Allons, suivez-moi !

Le groupe abandonne les sculptures grecques pour suivre Mlle Bigoudi vers le sous-sol. Quand son petit troupeau s'y trouve réuni, l'institutrice désigne une plaque de pierre couleur de sable, accolée au mur, et éclairée par des rampes lumineuses.

— Voici ce que l'on appelle une stèle. Ce

sont des pierres calcaires sur lesquelles sont sculptés des hiéroglyphes, l'écriture ancienne des Égyptiens.

Ficelle, habituellement étourdie, a pour une fois écouté attentivement. Elle lève un doigt, comme elle le fait en classe, avant de demander :

— Alors ces grandes pierres, c'étaient des sortes de livres ?

— Oui, répond Mlle Bigoudi, puisque à cette époque on n'avait pas encore inventé le papier et l'imprimerie.

— Eh bien, ça devait être drôlement lourd à apporter en classe, des livres comme ceux-là !

L'institutrice se contente de soupirer. Depuis longtemps, elle a renoncé à faire des réflexions en entendant les énormités que profère son élève. Elle entraîne le groupe vers une vitrine contenant une petite sculpture qui représente le dieu Horus, un homme à tête de faucon. Ficelle est très impressionnée par la figurine.

— Si je rencontrais un bonhomme comme ça au coin de la rue, j'aurais une de ces peurs ! Oh ! là ! là ! Rien que d'y penser, je me sens devenir chauve ! Tu te rends compte, Françoise ?

Mais la brunette regarde ailleurs, vers un angle de la salle. Ficelle tourne la tête pour voir ce qui retient l'attention de son amie. Un homme aux yeux cerclés de lunettes, au nez pointu, lève son regard vers une des stèles. Il approche son nez de la pierre, se recule, gesticule, pousse des exclamations, enlève ses lunettes pour les essuyer, les remet en place et marmotte des paroles indistinctes. Ficelle se penche vers Françoise et murmure :

— C'est bizarre... J'ai l'impression de l'avoir déjà vu, ce bonhomme... Sa tête me dit quelque chose... Pas toi ?

— Si, dit Françoise, je le reconnais. Je l'ai vu à la télévision. C'est le professeur Pflafluff.

— Ah ! oui, tu as raison, c'est bien lui ! Le savant qui a retrouvé le trésor de Ramsès je ne sais plus combien. Oh ! je vais le prendre en photo ! C'est une occasion magnifique ! Je le mettrai dans mon album de célébrités !

— Tu photographies les hommes célèbres, maintenant ?

— Oui. Je vais faire un album qui aura une valeur formidable dans deux ou trois siècles !

La grande fille sort de son étui un petit appareil photo, s'approche du professeur qui continue d'examiner la stèle en poussant des exclamations, et regarde dans l'écran. Puis elle

appuie sur le bouton. Le savant n'obse
son manège, tant il est absorbé par la pierre
antique. Ficelle prend une autre photo, recule pour avoir une vue générale de la salle. C'est alors qu'elle se heurte contre un visiteur qu'elle n'a pas pu voir, puisqu'il se trouve derrière son dos. Un homme brun, au teint bronzé, qui a un geste d'agacement et dit d'un ton sec :

— Vous ne pouvez pas regarder où vous mettez les pieds, non ?

— Heu, balbutie Ficelle, je ne vous avais pas vu, monsieur.

— Je m'en aperçois !

L'institutrice s'approche, les sourcils froncés. Elle s'adresse au visiteur :

— Je vous prie de l'excuser, monsieur. Cette fille est très étourdie.

— Bon, d'accord. Mais dites-lui de regarder un peu où elle marche.

L'homme tourne le dos à Mlle Bigoudi et s'approche de la stèle qu'examine le professeur. L'institutrice s'adresse à Ficelle pour lui dire sévèrement :

— Mademoiselle Ficelle, tâchez de vous conduire convenablement. Si vous continuez à créer des incidents de cette sorte, vous ne prendrez plus part à nos sorties.

sed ... l'ai pas fait exprès, moi !...
...iant...

...ez-vous. Je ne tiens pas à connaître ...sons. Restez à côté de moi.

...icelle grogne, se renfrogne, lève les yeux au ciel. Puis elle murmure :

— Je m'en moque pas mal, des visites de musées. Qu'est-ce que j'en ai à faire, moi, des sculptures de Machin et des tableaux de Un Tel ? J'aimerais mieux aller au cinéma, voir les aventures de *La Princesse au Grand Cœur*... Peuh ! Miss Bigoudi nous emmène toujours voir des vieilleries. Les ruines de ceci, les vestiges de cela... Des tableaux qui datent du grand-père de Mathusalem... Et des statues qui n'ont même pas de bras ! ... Ah ! là ! là ! Si j'avais su, je serais restée dans ma niche, à contempler ma collection d'épingles à cheveux !

Ficelle n'a pas été la seule à remarquer la présence du professeur Pflafluff. D'autres camarades ont reconnu l'égyptologue. Peut-être se seraient-ils risqués à lui demander des autographes, si Mlle Bigoudi ne les avait entraînés vers une autre salle. Le savant peut donc continuer d'examiner sa stèle sans être dérangé, sous l'œil de l'inconnu au teint bronzé qui semble, lui aussi, très intéressé par l'antique bloc de pierre.

Quand la visite des salles égyptiennes est terminée, Mlle Bigoudi donne l'ordre à ses élèves de remonter au rez-de-chaussée. En repassant devant la stèle, ils constatent l'absence du professeur. Ficelle prend Françoise à part pour lui chuchoter à l'oreille :

— Tu crois qu'il est venu ici à cause du trésor ? Peut-être faisait-il les fameuses vérifications dont il a parlé à la télé ?

— C'est possible en effet. Je regrette de ne pas savoir déchiffrer les hiéroglyphes, sinon j'aurais pu lire ce qui est écrit sur cette stèle.

Françoise jette un coup d'œil sur la petite pancarte fixée sous la pierre. L'indication est assez sommaire : *Stèle du scribe Ptolémaïs. 1170 av. J.-C. Récit des funérailles du pharaon Ramsès IV.*

Ficelle hoche la tête.

— Ce ne doit pas être un texte bien gai. Je me demande s'il leur arrivait d'écrire des histoires drôles... Tu sais, Françoise, comme celle de la petite vieille qui avait tondu son mouton. Tu la connais, cette histoire ?

— Non. Pourquoi avait-elle tondu son mouton ?

— Pour avoir de la laine, tiens. Et sais-tu pourquoi elle avait besoin de laine ?

— Non.

— Pour lui tricoter un petit manteau afin qu'il n'attrape pas froid, puisqu'il n'avait plus rien sur le dos.

Mlle Bigoudi tape dans ses mains.

— Allons, les retardataires ! ... Ficelle, Françoise, Boulotte ! Venez un peu par ici ! Dépêchez-vous !

Les trois amies se hâtent de rejoindre le groupe qui, peu après, se trouve réuni à la sortie du musée. Mlle Bigoudi procède à l'appel de tous ses élèves, au cas où l'un d'eux serait resté en contemplation devant la Joconde. Tandis qu'elle s'absorbe dans cette vérification, Françoise aperçoit un homme à lunettes qui s'éloigne vers le jardin des Tuileries en agitant les bras. C'est le professeur Pflafluff, qui semble extrêmement surexcité. La fameuse vérification qu'il devait faire a-t-elle donné des résultats positifs ? Le savant sait-il réellement où se cache le trésor ? Son comportement le laisse supposer...

Alors qu'il descend du trottoir au risque de se faire écraser par le flot des voitures, Françoise remarque que l'homme bronzé bousculé par Ficelle sort lui aussi du musée. Il fait signe à un autre individu, brun également, lui dit quelque chose en désignant le professeur du menton. Françoise peut attraper un mot au passage : « *Akholoutisté mé !* » Puis les deux hommes prennent à leur tour la direction des Tuileries. Françoise a l'impression d'avoir vu auparavant le premier des deux. Impression très fugitive d'ailleurs, sur laquelle elle n'a pas le temps de s'attarder. Déjà Mlle Bigoudi fait mettre tout le monde en rang avec autorité, et compte pour la centième fois son troupeau de brebis. On se met en marche en direction du métro Port-Royal-Musée-du-Louvre. En cours de route, Ficelle donne à ses amies des précisions sur ses projets :

— Dès que j'aurai fait développer les photos du professeur Pflafluff, je les collerai dans mon album de personnalités célèbres, sur une page de gauche. Et sur la page de droite, j'écrirai sa bibliographie.

— Qu'est-ce que c'est, une bibliographie ? demande Boulotte en entamant un nouveau bâton de nougat (elle en a emporté tout un stock dans un sac en plastique).

— Comment ? tu ne sais pas ce que c'est ? Une bibliographie, c'est... heu... l'histoire de quelqu'un... quand on raconte sa vie.

Françoise intervient :

— Ma chère Ficelle, je crois que tu confonds avec *biographie*.

— Ah ? Tu crois ? Enfin, je vais raconter

dans mon album la vie des gens célèbres de notre époque.

Boulotte retire le nougat de sa bouche pour demander :

— Et tu as déjà beaucoup de monde, dans ton album ?

— Oh ! non... Pour l'instant il n'y a que moi. J'ai collé ma photo et j'ai écrit ma biblio... bilio... graphie de fille célèbre. J'ai marqué que je m'appelle Ficelle, que je suis très jolie et suprêmement intelligente. Je suis vraiment une personnalité extra !

Ce dialogue a lieu à voix non pas haute, mais stridente. Le grondement incessant des voitures est tel que les amies doivent hurler pour se faire comprendre. Ficelle fait un tel usage de sa voix suraiguë, que Mlle Bigoudi doit intervenir pour la faire taire. La grande fille se renfrogne :

— « Ficelle, taisez-vous ! Ficelle, taisez-vous ! » Ah ! là ! là ! C'est tout ce qu'elle sait dire ! On se croirait en classe... Si elle compte sur moi pour la faire figurer dans mon album de personnalités célèbres, elle peut toujours attendre cent huit ans !

La petite armée envahit les quais du métro et s'aligne en bon ordre. L'institutrice ne procède pas à un appel nom par nom, mais compte les élèves et en trouve vingt, ce qui correspond au nombre marqué sur son carnet. Deux minutes plus tard, une rame de métro est prise d'assaut, Ficelle en tête. Elle monte en s'écriant :

— Je suis toujours la première partout !

Elle oublie qu'elle est la dernière de sa classe dans presque toutes les matières. Sauf en gymnastique, où Boulotte a la spécialité de se classer régulièrement en queue du peloton.

Une heure plus tard, tous les élèves regagnent leurs maisons. Ils savent déjà que dans le courant de la semaine suivante, une rédaction aura pour sujet : *La visite d'un musée.*

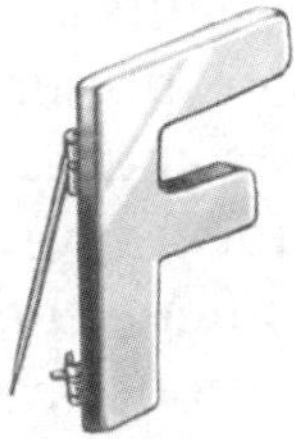

chapitre 3

Étrange conférence

À midi, le professeur Pflafluff doit tenir une conférence de presse à l'hôtel Magistrator où il séjourne, pour annoncer au monde sa découverte.

Bien avant l'heure prévue, le grand salon de l'hôtel est envahi par une foule de reporters armés d'appareils photo, de journalistes équipés de micros et de cameramen délégués par la télévision. *Trésor* est un mot fascinant, un mot magique qui attire les foules. L'annonce de l'existence d'un trésor encore inconnu déchaîne les imaginations. On pense aux fabuleuses richesses trouvées dans le tombeau de Toutankhamon, en 1922. On essaie d'imaginer à quoi peut ressembler le trésor de Ramsès IV. Des statues d'or, sûrement, des pierreries, des tiares ornées de diamants...

Parmi les journalistes présents se trouve Œil de Lynx, envoyé spécial du journal *France-Flash*, qui a déjà participé à diverses enquêtes en compagnie de Fantômette. Lui aussi laisse vagabonder son imagination, prêt à décrire le trésor avant même de l'avoir vu. Il fait les cent pas dans le grand salon, sa célèbre casquette à carreaux inclinée sur le nez, mâchant sa pipe éteinte. Un de ses collègues l'interpelle :

— Alors, Œil, tu tiens le grand reportage de ta vie ? Tu vas éblouir les lecteurs de *France-Flash* ?

Œil de Lynx sourit :

— Je tiens toujours le grand reportage de ma vie. Et j'éblouis toujours mes lecteurs.

— Bien sûr, tu sais avant tout le monde où se trouve le trésor ?

— Non, je n'en sais rien. Mais s'il fallait absolument que je dise où il se trouve, j'inventerais bien quelque chose...

— Vraiment ? Quoi par exemple ?

— Je pourrais dire qu'il est caché dans le musée du Louvre. Dans une des salles d'antiquités égyptiennes.

— Pas mal, ton idée...

Le collègue jette un coup d'œil sur sa montre.

— Midi moins cinq. Dans cinq minutes, nous saurons si tu as raison.

Cinq minutes plus tard, midi sonne. Les regards se tournent vers le grand escalier par où le professeur Pflafluff doit apparaître. Il est vide pour l'instant. Les cameramen braquent leurs caméras vers les marches.

Quelques minutes s'écoulent. Les reporters consultent les montres ou gardent l'œil fixé sur la grande pendule qui orne le salon. Le professeur va-t-il venir ? Ces grands savants ont la réputation d'être si distraits ! Pourtant, la communication que doit faire Aristide Pflafluff est d'une telle importance, qu'il n'a sûrement pas oublié son rendez-vous avec la presse. À moins que ses fameuses vérifications n'aient pas donné les résultats attendus, et qu'il n'ait honte d'avouer son échec...

Midi un quart.

Œil de Lynx prend une décision. Il sort du salon, se rend à l'accueil de l'hôtel, demande si le professeur va paraître. L'employé en uniforme galonné hoche la tête affirmativement.

— Certainement. M. Pflafluff doit parler en public dans quelques instants.

— Êtes-vous sûr qu'il soit dans sa chambre ?

— Sans doute, puisqu'il n'en est pas encore sorti.

— Voudriez-vous l'appeler ?

— Oh ! c'est bien inutile... Je suis certain qu'il est là.

Œil de Lynx insiste. Un peu agacé, le réceptionniste compose le numéro de la chambre 326, celle qui a été attribuée à l'égyptologue. Il y a un moment de silence. Dans l'écouteur, la sonnerie d'appel se fait entendre, mais personne ne décroche. L'employé fronce les sourcils.

— Ça ne répond pas... pourtant j'entends la sonnerie. Il est certainement sorti... Il doit être dans l'escalier.

Le reporter revient en toute hâte dans le grand salon. Ses collègues attendent toujours : le savant n'est pas dans l'escalier. Œil de Lynx retourne vite à la réception et dit avec anxiété :

— Écoutez-moi, il se passe quelque chose d'anormal. Le professeur Pflafluff n'est pas au salon. Il faut aller voir dans sa chambre.

L'employé hésite une seconde, se caresse le menton, puis prévient un collègue :

— Monsieur Justin, je vais au 326. Remplacez-moi un moment.

Escorté par Œil de Lynx, il prend l'ascenseur, monte à l'étage où se trouve la chambre 326. Il s'approche de la porte, frappe. Silence. Il sort alors un passe-partout de sa poche, ouvre et entre, suivi par le reporter. Il n'y a personne. Le réceptionniste se gratte la tête.

— Apparemment, il n'est pas là...

— Oui, dit Œil de Lynx, cela veut dire qu'il est parti.

— Il est peut-être sorti prendre l'air ?

— Peut-être.

Ils redescendent. Le reporter ne retourne pas au salon : il est déjà persuadé que le professeur n'y paraîtra pas. Il sort un portable de sa poche, pianote le numéro de la rédaction du journal et annonce froidement :

— Prenez note : le professeur Pflafluff vient d'être enlevé.

Œil de Lynx a raison. L'égyptologue ne reparaît pas de la journée, et tout laisse supposer que sa disparition n'a rien de volontaire. La thèse de l'enlèvement est unanimement adoptée par la presse, la radio, la télévision. Le soir même, de gros titres barrent « la une » de tous les journaux : *Mystérieuse disparition... Menaces sur le trésor de Ramsès IV... Un savant enlevé dans d'étranges circonstances...*

France-Flash, sous la plume d'Œil de Lynx, déploie un titre de style mathématique : *Pharaon + Trésor = Professeur + Enlèvement.* Le journal télévisé du soir donne quelques images de l'hôtel Magistrator et une vue générale du Louvre, endroit où le savant s'est rendu pour faire les vérifications dont il a parlé. Mais pour ce qui concerne sa disparition, on en est réduit aux hypothèses. Un journal, *L'Écho d'Europe,* imagine que Pflafluff a été victime d'un autre savant jaloux de sa découverte. La télévision suggère qu'il s'agit d'un coup de la *Main Jaune,* une organisation de brigands sardes. La radio parle d'un complot organisé par le parti égyptien *El Fatras.* En vérité, personne n'est en mesure de dire ce qui s'est passé réellement.

Fantômette lit un journal du soir, écoute la radio et regarde la télévision. C'est ainsi qu'elle prend connaissance de la disparition du savant. Elle s'assoit dans son fauteuil préféré, réfléchit longuement. Tout le monde semble croire à un enlèvement. Le professeur est-il vraiment au pouvoir d'un ravisseur, d'une bande organisée ? Doit-on croire que des malfaiteurs vont chercher, par son intermédiaire, à s'emparer du fameux trésor ? En admettant – ce qui n'est pas encore prouvé – que ce trésor ne soit pas imaginaire ?

La jeune aventurière se lève, marche de long en large comme Œil de Lynx, passe en revue les différentes suppositions faites par les journaux. Tout est possible. Encore que l'enlèvement par un savant jaloux lui paraît peu vraisemblable. Mais des bandits... Non, ce n'est pas absurde. Ah ! si seulement Aristide Pflafluff avait tenu sa langue ! ... S'il n'avait pas annoncé à l'avance sa découverte, on l'aurait laissé tranquille. Mais maintenant, qui peut dire ce qui l'attend ?

« Il est en danger, évidemment. Les gens qui le détiennent vont essayer de le faire parler. Et moi, que puis-je faire ? Si je savais *où* on l'a emmené ? Mais qui pourrait le deviner ? »

Elle s'assoit, enroule sur son index une boucle de ses cheveux noirs.

« Qui pourrait le deviner, si ce n'est Fantômette ? Après tout, c'est mon métier, de déchiffrer les énigmes, de résoudre les problèmes les plus compliqués. Si je n'en étais pas capable, je ferais autre chose. »

Elle laisse son regard errer sur le plafond, se poser sur les rideaux rouges de sa fenêtre, puis s'arrêter sur une carte postale qu'elle a épinglée au mur : une reproduction de la Joconde achetée au Louvre.

« Le Louvre. C'est peut-être là qu'il faut chercher la solution. En somme, qu'a fait le professeur ? Il s'est rendu au musée, a examiné la stèle, puis il est sorti seul... Non, au fait ! Il était suivi par deux bonshommes... Tiens ! Je n'y pensais plus, à ces deux-là... Auraient-ils quelque chose à voir avec l'enlèvement ? »

Elle cherche à se rappeler la silhouette des deux individus. Le second, celui qui était à l'extérieur du musée, lui est totalement inconnu. Mais elle est de plus en plus certaine d'avoir déjà rencontré le premier. Le tout est de se rappeler à quel endroit.

« Était-ce au cours de mon séjour en Suisse ? ... Non, je ne crois pas. Alors, avant ? Pourtant, j'ai la sensation de l'avoir vu il y a très peu de temps... Je n'arrive pas à me rappeler... Une chose est certaine en tout cas, c'est qu'il est grec. " *Akholoutisté mé !* " veut dire " Suivez-moi ! " en grec. Voilà le seul indice que je possède pour l'instant. Et c'est bien maigre. »

Elle se lève, s'approche de la fenêtre et regarde distraitement le mouvement de la rue.

« Un indice bien mince, mais que je suis *la seule* à posséder. »

Ficelle débouche un tube géant de *Kifixtout*, appuie fortement dessus pour en faire sortir un bon paquet de colle qu'elle étale du doigt sur son album de célébrités. Puis, en tirant la langue pour faciliter les opérations, elle y applique une photo et sort son mouchoir pour essuyer le surplus de *Kifixtout* qui s'est étalé sur le papier. Elle procède de même pour la seconde et la troisième photo. Les vues ne sont pas très nettes, ayant été prises sous un éclairage trop faible. Mais elles satisfont parfaitement la grande fille qui se trouve trop heureuse d'avoir chez elle des portraits de quelqu'un dont tout le monde parle. Elle se tourne vers Boulotte qui relit pour la dixième fois le règlement d'un concours organisé par le chocolat *Petit Gourmet*.

— Viens voir, Boulotte ! J'ai collé toutes les photos ! C'est formidable ! Je suis sûre qu'un journal m'offrirait une fortune éblouissante pour ces photos-là ! Elles sont vraiment suréminentes !

Boulotte fait un vague signe de tête :

— En tout cas, elles sont beaucoup moins extra que le concours du chocolat *Petit Gourmet*. Tu ne sais pas ce qu'on peut gagner ?

— Heu... Non... Un ouvre-boîtes ? Une voiture ?

— Mieux que ça ! On gagne son poids en chocolat ! Tu te rends compte ! Si je suis la première, on me mettra sur une balance, et on me donnera autant de kilos de chocolat que le chiffre indiqué sur le cadran ! D'ailleurs, je vais aller me peser tout de suite pour voir combien ça fera...

Abandonnant Ficelle et ses célébrités, Boulotte sort de la pièce. C'est pour se heurter à Françoise qui entre au même instant. La nouvelle venue demande :

— Où cours-tu ? Acheter de quoi manger, je parie ?

— Tu as perdu ton pari, Françoise. Je vais me peser !

— Oh ! oh ! Tu vas suivre un régime, sans doute ?

— Au contraire. J'ai besoin de prendre quelques kilos de plus.

Boulotte sortie, la grande Ficelle bondit vers Françoise.

— Viens admirer mon œuvre ! J'ai des portraits exclusifs de l'homme le plus célèbre du cosmos ! Le savant que tout le monde cherche ! Le professeur Pflafluff !

— Les photos que tu as prises hier au Louvre ?

— Oui. Regarde comme elles sont réussies ! J'ai eu une chance extraordinaire de rencontrer le professeur juste avant qu'il ne disparaisse ! C'est sûrement le signe que je suis une fille extraordinaire et fortement géniale ! Et quel flair, hein ? J'ai un flair de basset !

— Ah ? Les bassets ont donc du flair ?

— Sûrement ! Avec leur museau au ras du sol...

Françoise examine les photos. Sur la première, on voit le professeur en partie, sa tête ayant été coupée par un mauvais cadrage. Sur la seconde, on le voit apparaître de dos. Sur la troisième, on distingue vaguement un bras. Ficelle attend des compliments.

— Elles sont bonnes, non ?

Françoise ne veut pas décevoir son amie qui paraît tellement heureuse.

— Oui, pas mal du tout. Et surtout, elles ont le mérite d'être uniques. Ce sont maintenant des documents de grande valeur.

— Je pense bien ! On n'a pas tous les jours l'occasion de portraiturer un savant kidnappé ! Si Œil de Lynx les voyait, il en crèverait de jalousie et il attraperait une jaunisse bleue ! ... Maintenant, regarde un peu mes photos à moi. Tu vas voir comme je suis photo... générique ! Elles sont encore plus extra. Tu vas lire aussi ma bio... euh... logie ?

Mais Françoise continue d'examiner les photos prises au Louvre. Son doigt se pose sur un des visiteurs qui apparaissent dans le fond, près de la vitrine du dieu Horus.

— Tiens ! Tu as aussi photographié le bonhomme que tu as bousculé, Ficelle.

— Bousculé ? Pas du tout ! C'est lui qui m'a cognée. Et dire que Mlle Bigoudi m'a crié après ! Je ne pouvais tout de même pas deviner qu'il était derrière moi ! Je n'ai pas des yeux dans le dos... Remarque que ce serait drôlement pratique, si j'avais des yeux dans le dos. Je pourrais regarder le tableau en classe, et en même temps je lirais *Fripounette* que j'accrocherais à mon dossier, ha, ha !

Françoise ne prête pas attention à ce que raconte son amie. L'homme du Louvre lui occupe l'esprit. Au bout d'un moment, elle fait claquer ses doigts.

— J'y suis ! Ça me revient maintenant. Je sais où j'ai déjà vu cet homme au visage bronzé.

— Au musée, bien sûr !

— Évidemment. Mais je l'avais déjà aperçu avant d'aller au Louvre.

— Où ça ?

— À la télé. Pendant le reportage sur l'arrivée du professeur Pflafluff. Tu l'as regardé, ce reportage ?

— Oh ! Oui... Même que le prof a failli dégringoler de la passerelle et il a été retenu par un autre passager.

— Exact, ma chère Ficelle. Et cet autre passager c'était l'homme que voici, sur la photo. Il est donc arrivé en France en même temps que Pflafluff.

— Bon, mais à quoi ça t'avance, de savoir cela ?

— Pour l'instant, à rien. Mais il est intéressant de connaître tous les gens qui ont été en relation avec le professeur. Or, cet homme bronzé était dans le même avion que lui, et il se trouvait également au musée. Tu ne trouves pas cela bizarre, Ficelle ?

— Oui, peut-être... Maintenant, regarde un peu mes portraits et ma géo... euh... logie. Tu vas voir comme c'est intéressant.

Mais Françoise fait demi-tour et se dirige vers la porte en lançant :

— Au revoir ! Je te reverrai un de ces jours...

— Mais où vas-tu ?

— Je vais me peser.

— Quoi ? Comme Boulotte ? Hé là ! Ne pars pas si vite ! Il faut d'abord que tu lises l'histoire passionnante de ma vie !

— Une autre fois !

— Je t'assure que tu devrais lire ça tout de suite ! Ça commence quand j'étais un bébé... Un bébé superbe ! Il paraît que j'ai failli gagner la douzième place dans le concours du plus beau bébé de Framboisy…

Françoise a déjà disparu dans l'escalier. Ficelle hausse les épaules.

« Elle ne sait pas ce qu'elle perd. Eh bien, puisque c'est comme ça, je vais la relire, moi, ma géométrie ! Et je vais l'apprendre par cœur ! »

chapitre 4

Enquêtes

Œil de Lynx décroche le téléphone dont la sonnerie vient de retentir.

— Allô ? Ici Œil de Lynx... Comment ? C'est vous, Fantômette ? Heureux de vous entendre... Au sujet du professeur Pflafluff ? Non, nous n'avons toujours aucune nouvelle. Il a disparu, un point c'est tout. Le commissaire Maigrelet enquête, mais il n'est pas plus avancé que nous. Tout le monde patauge lamentablement... Pourquoi ? Vous avez une idée ?

Œil de Lynx est dans la salle de rédaction de *France-Flash.* Assis sur un tabouret tournant, devant une canette de bière et des feuilles de papier blanc, il tire sur sa pipe. Il se creuse la tête afin de trouver un titre ronflant qui doit coiffer un « papier » sur les antiquités égyptiennes. À défaut de nouvelles fraîches, les journaux se rabattent sur les pyramides et les pharaons. Aussi le coup de téléphone de Fantômette est-il le bienvenu. Quand la jeune aventurière se donne la peine de l'appeler, c'est toujours bon signe : l'action ne va pas tarder à suivre.

Mais pour une fois, il est un peu déçu. Le renseignement que Fantômette lui demande n'a rien de bien intéressant :

— Vous voulez que je vous procure la liste des passagers qui étaient dans l'avion avec le professeur ? C'est facile. Mais je pensais que vous me diriez où se trouve le trésor de Ramsès IV... Comment ? ... Je suis trop impatient ?

Il se met à rire.

— Bon, d'accord, je vais patienter trois ou quatre jours... Une semaine ? Vous me direz où est le trésor dans une semaine ? Alors, bravo et merci d'avance ! Mais en attendant je ne sais pas trop quoi mettre dans mon journal... Bon, je vais toujours m'occuper de votre liste. Rappelez-moi dans un quart d'heure.

Œil de Lynx téléphone à la compagnie des *Lignes Aérogrecques,* obtient un de ses amis qui y est employé. Quelques minutes plus tard, il a la liste complète des passagers du vol 419 Athènes-Paris. Il remercie son ami, raccroche et réfléchit.

« Je me demande ce que Fantômette va bien pouvoir en faire... Enfin, elle a toujours de bonnes idées, cette petite... On verra... »

Le téléphone sonne de nouveau. Fantômette le rappelle.

— Allô, Œil ?

— J'ai votre liste, ma chère. Je vous la lis ? Bon, allons-y...

Et le journaliste lit lentement une série de vingt-trois noms. Fantômette en note quatre. Puis elle dit merci à Œil de Lynx et lui promet de l'avertir si elle découvre un élément nouveau. Elle téléphone ensuite au commissaire Maigrelet, qu'elle a déjà aidé lors de l'affaire du Hibou[1], et lui demande de chercher les adresses de quatre personnes, d'origine grecque, comme l'indique leur nom : Tasso Thalassadès, Siméon Andréopoulos, Aristote Papadakis et Socrate Mykonos.

— Redonnez-moi un coup de fil dans une heure, dit Maigrelet.

1. Voir *Fantômette contre le Hibou*, dans la même collection.

Fantômette se rend au Club des Centaures de Framboisy, fait une heure de cheval, prend une douche et rappelle le commissaire qui annonce :

— Ça y est, j'ai votre affaire. Tasso Thalassadès est un musicien qui donne des récitals de cithare. Il habite à Paris, boulevard des Capucins, au 119. Siméon Andréopoulos est au 18, rue Chèvrefeuille. Il est représentant en huile d'olive. Aristote Papadakis est propriétaire de chantiers navals en Grèce. Il est descendu à l'hôtel d'Athènes. Quant à Socrate Mykonos, c'est un architecte. Son atelier est à Montparnasse, dans le passage Dutout.

— Eh bien, je n'ai plus qu'à vous remercier, commissaire.

— Vous faites donc une nouvelle enquête, Fantômette ?

— Toujours. Je ne me repose jamais.

— Dites-moi... Puisque je vous tiens au bout du fil... Vous n'auriez pas par hasard quelque bon tuyau sur l'affaire Pflafluff ? Vous savez, cet égyptologue qui a disparu... J'avoue que je n'arrive pas à démarrer...

— Vraiment ? Eh bien, je vous promets de vous l'apporter sur un plateau d'or, avec le trésor de Ramsès IV en prime. Ça vous va ?

— Très bien !

— Nous en reparlerons dans quelques jours.

Elle raccroche.

« Et maintenant, au travail ! J'ai assez bavardé comme ça. La parole est d'argent, le silence est d'or, et l'action de diamant ! »

— J'ai besoin de votre aide, dit Françoise.

— Pour ouvrir une boîte de conserve ? demande Boulotte.

— Non, pour rechercher l'homme du Louvre.

— Celui qui m'a abominablement bousculée ? s'écrie Ficelle.

— Oui, celui-là.

— Mais il faudrait avoir son adresse.

— Je l'ai. Ou plutôt, je les ai.

— Ah ! il habite à plusieurs endroits ?

Françoise secoue la tête.

— Non. J'ai les adresses de quatre hommes, et je pense que l'un d'eux est celui qui nous intéresse.

Ficelle s'écrie :

— Ah ! C'est mirifique ! Et comment as-tu fait pour te procurer ces adresses ?

— C'est un secret, ma chère.

— Dis-le vite !

— Si je te le disais, ce ne serait plus un secret.

— Mais je veux savoir, moi !

— Mille regrets, Ficelle, je ne peux pas parler.

Ficelle se renfrogne.

— Très bien. Alors puisque tu le prends comme ça, je ne t'aiderai pas à chercher le bonhomme. Débrouille-toi toute seule !

— D'accord, ma chère Ficelle. Seulement je te préviens : quand je trouverai le trésor de Ramsès IV, je le garderai pour moi. Je ne te le ferai même pas voir !

Ficelle pousse un cri.

— Oh ! non, tu ne vas pas faire ça ?

— Si.

— Alors, je vais t'aider à chercher l'homme.

— Je savais bien que je pouvais compter sur toi. Boulotte, veux-tu m'aider aussi ?

La dévoreuse est en train de se bourrer de chocolat *Petit Gourmet*. Elle fait un signe de tête affirmatif.

— Alors, reprend Françoise, nous allons partager le travail pour gagner du temps ! Ficelle, tu vas aller boulevard des Capucins et tu vas tâcher de rencontrer Tasso Thalassadès. Il est professeur de musique et joue de la cithare.

Tu verras s'il ressemble à l'homme que tu as bousculé.

— Qui M'A bousculée ! Et je lui dirai ce que je pense de sa conduite. Quel individu mal éducaillé ! Cogner une paisible visiteuse de musée ! C'est une honte !

— Tu ne lui diras rien du tout ! Il faut simplement voir quelle tête il a.

— Bon. Mais il me faut une raison pour lui rendre visite ?

— Bien sûr. Je fais confiance à ton imagination.

— C'est vrai que j'ai une imagination terrible.

Très flattée, Ficelle assure qu'elle trouvera un bon prétexte. Puis elle se met à la recherche d'un petit plan des rues de Paris, afin de savoir où se situe le boulevard des Capucins. De son côté, Boulotte est chargée d'aller faire un tour chez Siméon Andréopoulos, le représentant en huile. Françoise se réserve de visiter l'hôtel d'Athènes pour tenter de voir l'industriel Aristote Papadakis. Puis, au cas où il ne s'agirait pas de l'homme recherché, de se rendre chez l'architecte Mykonos.

— Nous nous retrouverons ici pour déjeuner, dit Françoise. Ne soyez pas en retard.

Boulotte a un petit rire.

— Moi ? en retard pour le déjeuner ? Tu n'y penses pas !

Armée de son plan, Ficelle parcourt les rues du XXIe arrondissement. Pénétrée de l'importance de sa mission, elle prend des précautions extravagantes pour éviter d'être repérée par les ravisseurs du professeur, qui doivent certainement la surveiller. Afin d'échapper à leurs regards, elle rase les murs au risque d'accrocher sa robe, jette de furtifs coups d'œil en arrière, suit des itinéraires compliqués pour déjouer une éventuelle filature, s'engage dans des petites rues, revient sur ses pas, s'arrête devant des vitrines où se reflètent les passants, afin de déceler d'éventuelles silhouettes louches...

À force de prendre des voies détournées, elle finit par tourner en rond et s'égarer complètement. Elle perd trois quarts d'heure à chercher son chemin, se refusant obstinément à demander l'aide des passants ou des policiers. Enfin, elle se trouve dans le boulevard des Capucins.

Le numéro 119 est celui d'un grand immeuble. Dans un couloir du rez-de-chaussée, Ficelle examine les boîtes aux lettres une par une, et apprend ainsi que le musicien habite au dernier étage, porte de droite. L'ascenseur étant en panne, comme l'annonce aimablement une pancarte, notre détective grimpe les six étages à pied. Au sixième palier, sur la porte de droite, une carte de visite indique : *Tasso Thalassadès, professeur diplômé, membre de l'Académie de Musique Cacophonique du Péloponnèse. Leçons de cithare de 5 h à 6 h du matin, et sur rendez-vous.* À travers la porte, on perçoit les accords d'un instrument à cordes qui rappelle la guitare électrique. Ficelle appuie sur la sonnette. La musique cesse, la porte s'ouvre.

Un magnifique barbu apparaît. Longs cheveux noirs, barbe touffue, sourcils ressemblant à des balais-brosses. Chemise de soie noire et nœud papillon blanc. Apercevant la jeune visiteuse, il s'écrie en roulant les *r* :

— Entrrrez, entrrrez ! Vous êtes la nouvelle élève qu'on m'a annoncée ? Je suis rrravi de vous voirrr ! Vous allez fairrre connaissance avec l'arrrt incomparrrable ! L'arrrt de la musique, sans laquelle la vie serrrait horrrible !

— Mais... mais... bredouille Ficelle.

— N'ayez pas peurrr. La citharrre n'est pas difficile. En moins de dix ans, vous apprrrendrrrez à en jouer trrrès convenablement !

Maintenant qu'elle a vu que Tasso Thalassadès n'est pas l'inconnu du Louvre, elle éprouve une furieuse envie de s'en aller. Mais déjà l'artiste l'empoigne, la fait asseoir de force sur une chaise, devant une table sur laquelle est posée une espèce de boîte plate munie d'une multitude de cordes, tenant le milieu entre la harpe et la guitare.

— Avez-vous fait un peu de solfège, mademoiselle ? Oui ? Eh bien, allons-y... do, rrré, mi, fa, sol... en mesurrre, s'il vous plaît !

Et la leçon commence...

Boulotte a pris le bus pour rendre visite à Siméon Andréopoulos, rue Chèvrefeuille. Cette rue se trouve dans un quartier très commerçant. Boulotte trouve facilement un grand portail de fer ouvert sur une cour où s'entassent des caisses d'oranges, des tonneaux et des boîtes en carton ondulé. Sur les murs, des affiches publicitaires vantent la qualité des produits grecs, de l'huile *Olympolive,* du vin de Mycènes, des raisins de Corinthe. Boulotte passe une langue gourmande sur ses lèvres, à la pensée de toutes ces bonnes choses. Comme elle est restée en arrêt devant une affiche vantant les pamplemousses de Rhodes, une voix l'interpelle :

— Vous cherchez quelqu'un, ma petite ?

Une secrétaire vient de sortir d'un bureau. Boulotte prend son élan et récite d'un trait une phrase qu'elle a préparée :

— Je voudrais voir M. Andréopoulos pour qu'il me parle de sa bonne huile d'olive.

La secrétaire sourit.

— M. Andréopoulos est absent pour l'instant, mais je peux vous renseigner sur notre huile *Olympolive.* Je vous signale toutefois que nous ne la vendons pas au détail. Vous la trouverez dans certaines épiceries.

Boulotte se mord les lèvres. Elle n'a pas imaginé que le représentant puisse être absent. Que faire ? Embarrassée, elle balbutie :

— Heu... c'est que heu... j'aurais bien voulu le voir.

— Pourquoi lui plus spécialement ? Vous le connaissez ?

— Oui... hum ! C'est-à-dire que... non...

De plus en plus gênée, rougissante, elle se tortille en regrettant de s'être engagée dans cette enquête. La secrétaire la regarde d'un œil inquisiteur, étonnée par son attitude. L'arrivée d'une voiture tire Boulotte d'embarras. Quand le véhicule s'arrête au milieu de la cour, la secrétaire dit :

— Tenez, voici justement M. Andréopoulos. Vous allez pouvoir lui parler.

Un jeune homme sort du véhicule. Cheveux coupés court, grosses lunettes et allure dynamique. Ce n'est pas l'homme du Louvre. La secrétaire se tourne vers lui.

— Cette demoiselle voudrait vous interroger au sujet de notre huile d'olive. Elle tient à vous voir personnellement, et je pense que...

Mais Boulotte ne lui laisse pas le temps de terminer sa phrase. Elle prend ses jambes à son cou et s'échappe avec une vitesse qu'elle n'a jamais pu atteindre à l'école pendant les séances de gymnastique. M. Andréopoulos lève un sourcil, surpris.

— Qu'est-ce que c'est que cette folle ?

Il serait bien plus étonné s'il savait que la folle en question enquête sur la disparition d'un égyptologue !

Françoise a pris le métro, puis marché jusqu'à l'hôtel d'Athènes, où devait se trouver le constructeur de navires Aristote Papadakis. Elle aussi a dû imaginer un prétexte pour se faire accueillir. Au bureau de la réception, elle présente une enveloppe et dit à l'employé :

— J'ai cette lettre pour M. Papadakis.

— Donnez, je vais la lui porter.

— C'est que... je dois la remettre en main propre.

— Ah ? Alors, je vais voir s'il est dans sa chambre.

Un autre employé intervient :

— Je l'ai vu sortir il y a un instant. Il a dû se rendre au parc pour faire sa promenade du matin. C'est tout près d'ici, à cent mètres sur la gauche. Vous aurez vite fait de le rattraper, mademoiselle. Avec sa canne, il ne marche pas très vite.

— Comment ? Il marche avec une canne ?

— À son âge, ce n'est pas surprenant.

— Bien, merci.

Françoise sort de l'hôtel et tourne à droite. Il est inutile qu'elle se mette à la recherche de M. Papadakis, homme âgé s'appuyant sur une canne, qui ne doit aucunement ressembler à l'inconnu du Louvre. Elle n'a plus qu'à rendre visite à l'architecte Mykonos.

Un nouveau trajet en métro l'amène dans le quartier Montparnasse où elle ne tarde pas à trouver le passage Dutout, une sorte de ruelle pavée. Sur la droite s'élèvent des bâtisses qui ont dû être neuves au temps des rois. Sur le côté gauche, des matériaux de construction sont entreposés : tas de briques, sacs de ciment, tôle ondulée ou bois de charpente. Dans le fond du passage se trouve un bâtiment plus récent, en béton ; sur la porte, une plaque porte des lettres en relief : *Socrate Mykonos, architecte D.P.L.G.*

Françoise lève les yeux vers une sorte de petite fenêtre ouverte au-dessus de la porte. Elle sort d'un sac fourre-tout une jolie balle de caoutchouc rouge et la lance du premier coup à travers l'ouverture. Puis elle appuie sur la sonnette de l'entrée. Après un instant, la porte s'ouvre et un homme apparaît, qui tient la balle. Il la tend en disant d'un ton hautain :

— Tiens, voilà ta balle. Va donc jouer ailleurs, tu vas finir par casser un carreau !

Françoise prend l'objet, dit : « Merci, m'sieur ! » et s'éloigne en souriant.

L'architecte Mykonos est l'homme du Louvre.

Comme elle l'a annoncé, Boulotte est exacte pour le déjeuner. À douze heures trente, elle prend place devant des champignons à la grecque, avant-garde d'un rouget au gratin qui serait suivi d'un melon surprise. Françoise apparaît peu après. Elle demande à la gourmande si son enquête a donné des résultats. Boulotte s'essuie la bouche tout en secouant la tête :

— J'ai obtenu des résultats, mais ils sont aussi maigres qu'un jambon de régime. Et en plus j'ai eu une grosse peur. Aussi grosse qu'une citrouille !

— Raconte.

La gastronome relate sa visite chez l'importateur d'huile et conclut :

— Ce n'était donc pas l'homme du Louvre, mais je ne regrette quand même pas ma visite. J'ai appris qu'il existe des pamplemousses de Rhodes, et qu'on pouvait trouver l'huile *Olympolive* dans les bonnes épiceries. D'après les affiches que j'ai vues dans la cour, c'est une huile qu'on obtient par première pression à froid. Parce que tu sais, les huiles de qualité ordinaire sont faites en écrasant des olives à chaud...

Et Boulotte se lance dans une grande explication sur la fabrication de l'huile d'olive. Françoise fait semblant de l'écouter. Quand les deux amies entament le melon, Françoise observe :

— Tu ne trouves pas que Ficelle met longtemps à revenir ?

Boulotte mord à pleines dents dans le melon et suggère :

— Elle a peut-être été retardée ?

— Évidemment. Mais pourquoi ?

La réponse ne tarde pas à venir. La porte s'ouvre et Ficelle apparaît. Elle se laisse tomber dans un fauteuil.

— Ouf ! J'en ai par-dessus les cheveux, du solfège et de la cithare !

Elle raconte son aventure musicale. Le professeur Tasso Thalassadès n'a consenti à lâcher son élève involontaire qu'après deux heures de leçon.

— À la fin, je sentais que ma tête allait éclater ! Cinq minutes de plus, je tombais morte et évanouie ! Quand je pense que tout ça n'a servi à rien, puisque ce musicien n'est pas le bousculeur... Heureusement qu'au retour je suis passée par les quais de la Seine. Dans la boîte d'un bouquiniste j'ai trouvé... devinez quoi ?

— Un livre de cuisine ? propose Boulotte.

— Non. Et toi, Françoise, tu sais ce que c'est ?

— *L'Art de couper les cheveux en quatre ? ... Le Taille-Crayon à travers les âges ? Les Aventures d'une soupape ?*

— Françoise, tu dis n'importe quoi !

— Avec toi, il faut s'attendre à tout. Alors, fais-le voir, ton bouquin.

— Voilà.

Et Ficelle exhibe fièrement un petit volume intitulé *Champollion et les hiéroglyphes.*

— Vous voyez ? Ça parle de Champignon, le savant qui a réussi à déchiffrer les héroïques.

— Et toi, tu ferais bien de déchiffrer un peu mieux le titre. Tu as l'intention de le lire ?

— Bien sûr. Et quand je saurai lire les... les...

Elle penche son nez pour regarder le titre.

— ... les hié... ro... glyptes... gifles. C'est ça, les hérogifles, j'irai traduire la stèle du Louvre. Celle que le professeur Farfulpe était en train de regarder. Et sais-tu à quoi cela me servira, Françoise ?

— Non, mais je sens que tu vas me le dire.

— À trouver le trésor de Ramsès IV avant tout le monde !

Françoise émet un petit sifflement.

— Bravo ! Joli programme ! ... Parce que tu crois que la cachette du trésor est indiquée sur la stèle ?

— C'est évident !

— Eh bien, je te souhaite bonne chance.

— Je me retire donc dans ma chambre pour procéder à mes études de langue égyptologistique.

Ayant prononcé cette phrase sur le ton d'un premier ministre annonçant qu'il va former son gouvernement, Ficelle disparaît en direction de sa chambre. Françoise se tourne vers Boulotte :

— Et toi, tu vas étudier les hiéroglyphes,

ou m'aider à enquêter chez l'architecte Mykonos ?

Boulotte répond par un gémissement. Assise sur le rebord de sa chaise, penchée en avant, elle se frotte l'estomac en dodelinant de la tête. Son visage est aussi blanc qu'une assiette plate en véritable porcelaine de Limoges (Haute-Vienne). Françoise s'inquiète :

— Que t'arrive-t-il ? Quelque chose ne va pas ?

— Je... je crois bien que j'ai dû trop manger... Je... J'ai mal au cœur.

Françoise l'aide à se lever, la conduit dans sa chambre.

— Tu as sûrement trop mangé... Quelque chose qui ne passe pas...

Avec une petite voix hésitante, Boulotte bredouille :

— C'est peut-être le chocolat...

— Cela se peut, en effet. Il me semble que tu en as croqué beaucoup, ces derniers jours.

— À cause du concours *Petit Gourmet*. Pour y participer, il faut envoyer vingt bons. Alors, je me dépêche de manger vingt plaques de chocolat.

Ayant diagnostiqué une indigestion, Françoise met la gourmande au lit avec des bouillottes, et prescrit une diète de vingt-quatre heures. Boulotte s'alarme.

— La diète ? Ça veut dire que je vais rester sans manger ?

— Oui. Tu auras juste droit à un peu de bouillon de légumes.

Boulotte devient encore plus pâle et gémit :

— Une journée sans manger ? Là, pour le coup, je vais tomber malade !

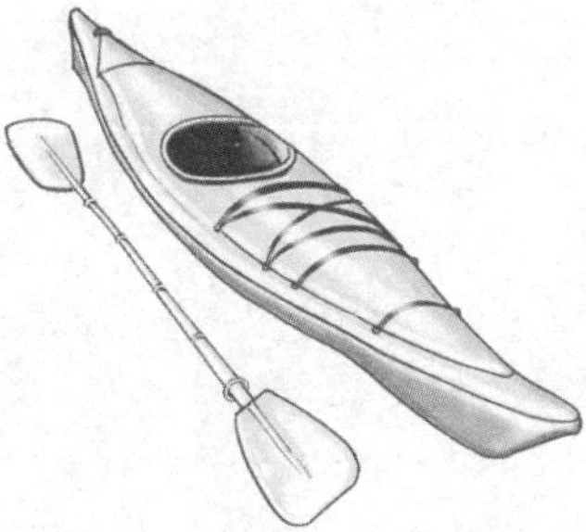

chapitre 5

Un bon tuyau

Le jour, Fantômette est habillée comme n'importe quelle écolière. En jupe et tee-shirt s'il fait chaud, en pantalon et pull si le temps est au froid. Parfois elle noue un foulard autour de sa tête, ou la protège avec une capuche si des gouttes tombent du ciel. Rien dans son vêtement ne permet d'imaginer qu'il s'agit d'une aventurière vivant dangereusement.

Mais la nuit, lorsqu'elle se lance dans une expédition, elle revêt son costume de soie rouge, jaune et noir, cache son visage sous le masque et s'arme d'un fin poignard florentin. Malheur alors au voleur qui a la fâcheuse idée de se trouver sur son passage ! Plutôt que d'affronter ce diable, il préfère généralement détaler.

Cette nuit-là, Fantômette se trouve une fois de plus équipée pour la chasse aux bandits. Silencieuse et souple comme un félin, elle se glisse dans le passage Dutout. Malgré l'absence complète de lumière, la lune et les étoiles étant cachées, elle se déplace avec la plus grande facilité, sans heurter le moindre obstacle, comme guidée par un radar. Elle arrive ainsi à proximité de l'atelier de l'architecte. La porte est fermée. Revenant vers le dépôt de matériaux, Fantômette escalade une palissade de bois et saute à l'intérieur. Elle n'a aucun mal à trouver une longue échelle qu'elle entreprend de dresser contre le mur voisin, qui est celui de l'atelier. En grimpant sur des sacs de ciment, elle parvient à soulever l'échelle, à la mettre debout, puis à l'appuyer contre le mur. Elle s'accorde dix secondes pour souffler, s'assure que la ruelle est toujours aussi silencieuse, puis grimpe aux échelons jusqu'au toit du bâtiment.

Comme la plupart des ateliers où travaillent des artistes qui ont besoin de lumière, tels que les peintres ou les sculpteurs, ce bâtiment a un toit transparent. Une verrière permet d'éclairer les tables à dessin qui se trouvent à l'intérieur. Fantômette s'y engage prudemment, à quatre pattes, en ayant soin de prendre appui non sur les vitres, mais sur leur encadrement. Elle progresse de la sorte vers un châssis entrouvert. Aura-t-elle assez d'espace pour s'y faufiler ? Non, c'est un peu juste... Elle commence à le soulever comme un couvercle, quand *elle sent qu'on lui touche la jambe*. Elle arrête son geste, cesse de respirer et se dit :

« Ça y est, je me suis fait pincer ! »

Lentement, avec appréhension, elle tourne la tête. Il est là, tout contre elle, les yeux mi-clos, courbant son dos et ronronnant de plaisir. Fantômette pousse un soupir de soulagement.

« Eh bien, Minou, tu m'as fait peur ! Tu aurais pu me prévenir. »

Le chat s'assoit et entreprend de se débarbouiller. Fantômette ne s'occupe plus de lui. Elle soulève le châssis, glisse son corps par l'ouverture, se suspend par les mains et se laisse tomber. Elle atterrit sur le plancher, entre deux tables à dessin.

Elle allume aussitôt une mini-lampe de poche et entreprend l'exploration de l'atelier. C'est un local rectangulaire où l'on trouve des ordinateurs, un bureau, des tabourets, une machine pour le tirage des plans, une armoire ouverte bourrée de papiers. Aux murs, des schémas, des esquisses représentant un pont, un immeuble de type H.L.M., une école. Sur une grande table en contre-plaqué, une maquette de station-service ressemble à un jouet.

Fantômette balaie de sa lampe les planches à dessin. Une seule porte une feuille, fixée par des rubans adhésifs. C'est la coupe d'une sorte de tunnel sous lequel passe un chemin de fer. La jeune aventurière hausse les épaules.

« Rien de suspect dans tout ceci... Même pas le dessin d'une pyramide... Je me demande finalement si Mykonos a quelque chose à voir avec l'égyptologue. Après tout, je fais peut-être fausse route. »

Une porte s'ouvre sur une pièce voisine, plus petite. Il n'y a là qu'un réchaud, quelques ustensiles de cuisine qui doivent servir aux dessinateurs. Aucune autre pièce. Fantômette fait la moue.

« Voilà une expédition qui ne m'amène à rien. J'aurais pu me dispenser de cette escalade. C'est ici que l'architecte travaille, mais il habite ailleurs, évidemment. Il va falloir que je rappelle Maigrelet pour qu'il me dise où est le domicile de Mykonos. Ah ! quel étourdi, ce commissaire ! »

Elle traverse l'atelier, sort et tire la porte jusqu'à ce qu'un claquement lui indique qu'elle est de nouveau verrouillée. Elle revient vers la palissade, la franchit et remet l'échelle en place.

C'est à cet instant qu'elle perçoit un gémissement. Une sorte de plainte, très faible. Elle s'immobilise, écoute en retenant sa respiration.

Silence...

Quelques secondes s'écoulent. A-t-elle rêvé ? De nouveau le son lui parvient. Une voix lointaine, comme étouffée... La jeune aventurière regarde autour d'elle, scrutant la nuit. Il n'y a là qu'un baraquement servant de bureau, et un grand hangar où s'entassent des matériaux de construction : planches, ciment, tubes de canalisation en plastique, rouleaux de fil de fer... Elle rallume sa lampe, s'approche de la baraque, écoute, n'entend plus rien.

« On dirait que c'est de l'autre côté, vers le hangar... »

Sous le hangar, en effet, les plaintes se font entendre plus nettement. Fantômette explore le hangar, se demandant si ce n'est pas le chat qui est redescendu. Mais non ; il s'agit d'une voix humaine. Quelqu'un appelle à l'aide.

« Pourtant je ne vois personne... Aucune

pièce où l'on puisse se tenir... Rien que des tas de bois et des piles de sacs... »

Cependant, à force de tourner la tête dans diverses directions pour détecter l'origine des appels, elle finit par se rendre compte qu'ils viennent d'un coin du hangar où l'on a entreposé des tuyaux. La jeune justicière se met à genoux, se baisse pour amener son oreille vers l'orifice de ces tuyaux. Les appels lui parviennent alors nettement. Un homme appelle :

— Au secours ! ... À moi !

Où est-il donc, cet homme ? Fantômette s'aperçoit que l'autre extrémité des canalisations aboutit sous un énorme tas de sacs de plâtre. Elle sent un frisson la parcourir.

— Comment ? Il est là-dessous ! Il doit être écrasé !

Elle approche sa bouche des ouvertures de tuyaux, prononce :

— N'ayez pas peur, je vais venir à votre secours... Qui êtes-vous ?

La voix répond faiblement :

— Pflafluff... le professeur Pflafluff...

Cette fois, c'est un frisson de joie qui fait tressaillir l'aventurière. Le professeur est là ! Blessé peut-être, mais encore vivant. Elle a donc suivi une bonne piste en venant fouiner chez Mykonos. C'est évidemment lui, elle en est sûre maintenant, qui a enlevé l'égyptologue. Il lui a été facile de le cacher dans cet entrepôt voisin de l'atelier !

Utilisant les tuyaux comme téléphone improvisé, elle demande :

— Les sacs sont posés sur vous ?

— Non, je suis enfermé dans une caisse en bois... Je n'ai pas beaucoup de place pour bouger, mais je ne suis pas écrasé...

— Pouvez-vous respirer, au moins ?

— Pas très bien... Mais il y a une ouverture au bas de la caisse, je pense... Je n'y vois rien... En passant la main il me semble que je touche des sortes de tubes.

— Je suis à l'autre bout de ces tubes, professeur. Je vais maintenant essayer de vous dégager. Votre caisse se trouve sous une montagne de sacs. Je vais voir si je peux les enlever.

— Attendez, attendez ! Ça risque d'être trop long !

— Nous avons le temps.

— Non, non ! Les hommes qui m'ont enlevé vont revenir.

— Quand ?

— Leur chef a dit : « Il est minuit, je serai de retour dans une heure, et alors il faudra que tu parles. »

— Il était minuit ? Et il est maintenant... une heure moins cinq.

— Alors, ils seront là dans cinq minutes... Écoutez, mademoiselle... vous êtes une demoiselle, n'est-ce pas ?

— Oui.

Il y a une seconde de silence. Le professeur paraît se recueillir, peser ses mots. Il reprend :

— Je ne vous connais pas, mais quelque chose me dit que je peux avoir confiance en vous. Il faut que je vous confie un secret. Le secret du pharaon. J'ai là dans ma poche un carnet, avec une photo... Si je pouvais vous les faire passer... Après je vous expliquerai... Ah ! comment faire ? Nous avons si peu de temps !

— Attendez, professeur ! J'ai une idée...

Elle se relève, court s'emparer d'un rouleau de fil de fer, en déroule quelques mètres. Elle revient pour expliquer :

— Je vais faire passer un fil de fer dans l'un des tubes, jusqu'à l'ouverture de votre caisse. Vous tortillerez le bout autour du carnet et je tirerai le fil.

— Entendu, mais dépêchez-vous.

Fantômette introduit le fil dans un tuyau. Il est suffisamment rigide pour s'enfiler sans se courber. Au bout d'un moment, le professeur annonce :

— Ça y est, je le tiens ! ... Attendez, je vais maintenant attacher mon carnet...

La jeune justicière lève la tête. Un bruit de moteur se fait entendre. Une voiture entre dans le passage : ce doit être Mykonos qui revient. Fantômette demande anxieusement :

— Vous y arrivez ?

— Encore une seconde... J'ai presque fini... J'espère que ça va tenir... Voilà, vous pouvez y aller !

Fantômette tire sur le fil qui ressort peu à peu du tube. Dehors, le moteur se tait, puis il y a des claquements de portières.

Le fil est presque entièrement tiré, lorsqu'une brusque résistance se fait sentir. Le carnet a dû se mettre en travers et se coincer dans la canalisation. Fantômette tire plus fort, pour l'obliger à ressortir. La résistance cesse soudain, et le fil de fer jaillit hors du tube, abandonnant le carnet à l'intérieur.

— Mille pompons ! Il est dedans !

Elle se baisse, met son bras dans le tube, tâtonne. Par chance, le carnet est resté bloqué tout près de l'orifice, et elle peut enfin s'en emparer.

— Ça y est, professeur ! Je le tiens !

Au même instant, la porte du dépôt s'ouvre. Des silhouettes apparaissent à l'entrée, coupant la retraite de Fantômette. Elle se penche vivement pour écouter le professeur Pflafluff qui l'appelle. Il dit, avec un débit haché :

— Le secret... le secret du pharaon... Il faut que je vous explique... Le trésor existe, j'en ai la preuve maintenant... Un trésor fabuleux... À Paris ! Vous entendez bien ? Il est à Paris... Je vais vous dire l'emplacement exact... Une cachette magnifique... insoupçonnable... Le trésor est à l'intérieur de...

— Trop tard, professeur !

Une vive lumière vient de jaillir, éclairant tout le dépôt. L'architecte a allumé de puissants projecteurs utilisés par les ouvriers lorsqu'ils ont à faire un chargement nocturne. Il crie à Fantômette :

— Hé ! Vous, là ! Ne bougez pas ! ... Qu'est-ce que vous faites ici ?

Fantômette s'est redressée pour faire face aux quatre hommes qui s'avancent maintenant vers le hangar. Elle glisse le carnet à sa ceinture, puis regarde autour d'elle, cherchant comment sortir du chantier. Il n'y a d'autre issue que la porte, qu'un des hommes vient de refermer à clé.

« Diable ! J'ai l'impression que je suis cuite comme un œuf dur... S'ils n'étaient que deux, je pourrais à la rigueur m'en sortir avec une prise de judo. Mais quatre... C'est beaucoup ! »

Socrate Mykonos s'est arrêté à quelques pas de l'aventurière, surpris par l'apparition de cette étrange créature masquée. À côté de lui, un complice s'écrie :

— C'est Fantômette ! Elle a dû trouver le professeur ! Sautons-lui dessus !

Les quatre hommes s'élancent. Fantômette s'éloigne du hangar, esquisse un mouvement vers la gauche pour tromper ses adversaires, se rabat soudainement à droite, saisit vivement dans un stock de bois une longue baguette, puis court vers la palissade, plante sans s'arrêter sa baguette dans le sol et franchit l'obstacle d'un bond, comme un sauteur à la perche. L'instant d'après elle a disparu, au grand dépit de l'architecte qui crie :

— Ouvrez la porte ! Rattrapez-la ! Ah ! quelle armée d'empotés ! Dépêchez-vous !

La porte de la clôture est ouverte et Mykonos s'élance dans le passage pour essayer de rejoindre Fantômette. Mais cette dernière n'a pas eu la politesse de l'attendre. Le passage est désert, ainsi que les rues avoisinantes. Rageur, l'architecte revient vers le dépôt. Il grogne :

« Très ennuyeux, ça ! Maintenant qu'elle nous a repérés, nous ne pouvons plus garder

Pflafluff ici. Il faut le déménager aussi vite que possible. »

Dix minutes plus tard, les sacs sont enlevés et le savant extrait de sa caisse. Mykonos le fait asseoir dans sa voiture qui part vers une direction inconnue.

Au petit jour, le commissaire Maigrelet, alerté par un coup de téléphone de Fantômette, vient perquisitionner dans le dépôt. Il ne trouve que des matériaux de construction. Pas la plus petite trace du moindre égyptologue. Il se retire très dépité, se promettant de dire à Fantômette sa façon de penser, la prochaine fois qu'il la rencontrera.

chapitre 6

La stèle n° 2

Ficelle prend une double feuille extraite d'un cahier de calcul, l'étale sur le petit bureau où elle fait habituellement ses devoirs, s'arme d'un feutre et commence à tracer des caractères hiéroglyphiques.

Elle dessine d'abord un oiseau, écrit à côté la voyelle *a.* Puis elle fait un trait ondulé, auquel elle attribue la prononciation *ni.* C'est ensuite une sorte de dessin à l'ovale très allongé, en forme de bouche, qui doit représenter la syllabe *ra.*

La sonnette de la porte d'entrée se fait entendre, et dix secondes plus tard Françoise apparaît.

— Bonjour, Ficelle ! Tu es déjà en train de faire tes devoirs de vacances si tôt le matin ?

— Non, ma petite. J'étudie l'écriture des Égyptiens. Tiens, regarde... Tu vois cette espèce de chaussette ? C'est la lettre *b*. Ce carré, c'est le *p*, et ce serpent, le *z*. Bientôt, je serai capable de lire les stèles du Louvre aussi facilement que *Fripounette*.

— Tant mieux. Comment va Boulotte ?

— Je crois qu'elle a faim.

— C'est bon signe. Je vais la voir.

Assise sur son lit, bien calée par deux oreillers, Boulotte est en train de feuilleter un livre de cuisine. Elle s'écrie :

— Viens voir, Françoise ! Regarde ces photos en couleurs... Ce gâteau au chocolat ! Miam ! Ça donne envie d'en manger, hein ?

— Tu n'es pas dégoûtée du chocolat ?

— Au contraire ! Je suis prête à en dévorer trois tablettes avec un gros bifteck...

— Un bifteck-chocolat ? Ce doit être délicieux ! Aujourd'hui, tu te contenteras d'une purée légère avec quelques carottes.

— Quoi ? Tu veux encore me mettre au régime ? Je ne suis plus malade !

— Ton précieux estomac a besoin de se reposer encore un peu.

— Mais...

— Ne discute pas, sinon je te supprime la purée et tu n'auras droit qu'à un bouillon maigre.

Laissant Boulotte pousser des hurlements d'écorchée, Françoise revient voir Ficelle.

— Dis, ma grande, tu as écouté les informations ?

— Oui, d'un œil attentif.

— Rien de nouveau au sujet du professeur Pflafluff ?

— Non, rien de nouveau. On ne sait toujours pas où il est passé. Mais au fait, ton enquête sur les bonshommes de la liste ? Mon prof de musique n'était pas le bon, mais les autres ? Qu'est-ce que ça a donné ?

Françoise fait la moue.

— Ça donnera peut-être des résultats dans quelques jours. Ce que je peux te dire, c'est que l'architecte Mykonos est le suspect n° 1.

— Bon, mais cela ne nous dit pas où est le professeur Fapluffe ?

— Non.

— Dans le fond, nous n'avons pas besoin de lui, puisque je vais trouver le trésor toute seule grâce à ma traduction de la stèle.

— Je te le souhaite, ma chère Ficelle. Au revoir !

— Où vas-tu ?

— Me promener dans mon jardin en méditant.

— En méditant sur quoi ?

— Sur le trésor de Ramsès IV.

Ficelle s'esclaffe :

— Tu n'as pas la prétention de le découvrir avant moi ?

— Peut-être...

— Eh bien, tu es drôlement prétentieuse, ma petite Françoise ! Tu devrais savoir que lorsque j'entreprends quelque chose, je vais jusqu'au bout et je réussis toujours, comme Fantômette.

— Comme Fantômette ?

— Parfaitement. Et sais-tu pourquoi ?

— Je brûle de l'apprendre.

— Parce que *je l'ai prise pour modèle.* Comme elle, je suis courageuse, intelligente et périscaphe... périssable... périscope... persiflasque...

— Perspicace ?

— Parfaitement ! Tu ne vas pas prétendre le contraire, tout de même !

— Non, ma chère Ficelle. Tu es tout cela. Et j'ai hâte de voir ce fameux trésor que tu vas me montrer prochainement.

— Ce n'est qu'une question de jours. Peut-être d'heures. Je vais éblouir le monde !

— Alors, je vais tout de suite acheter des lunettes de soleil !

Fantômette s'allonge sur un fauteuil de jardin en toile rayée rouge et jaune, ouvre le carnet du professeur Pflafluff et trouve une photo, entre la couverture et la première page. C'est un cliché d'amateur représentant un paysage dénudé, désertique. Au premier plan, on voit une sorte de cadre blanc au centre duquel s'inscrit un carré noir. En arrière, une construction de pierres massives plus ou moins en ruine fait penser à une vieille ville fortifiée ou à quelque temple antique.

Fantômette lève un sourcil, perplexe. Quelle importance cette photo peut-elle présenter ?

« Le carnet me donnera peut-être de plus amples renseignements. Voyons un peu... »

Elle le feuillette. Les premières pages sont couvertes d'une écriture très large. Sous forme d'un journal de voyage, le professeur relate les incidents d'un récent séjour en Égypte.

12 juillet. Je n'ai pas dormi de la nuit. Ma moustiquaire avait un trou par où un charmant moustique a pu passer. J'ai heureusement dans ma trousse à pharmacie un tube de baume indien pour calmer les piqûres.

15 juillet. Quarante-cinq degrés à l'ombre de ma main qui me sert à protéger le thermomètre. Si je le laissais au soleil, il exploserait !

19 juillet. Plus d'essence pour ma Jeep. Les stations-service sont fermées à cause de la guerre. Le carburant est réservé à l'armée. J'en suis réduit à rester au Caire.

23 juillet. Dans le cabaret El Mabrouk où je suis entré par hasard, j'ai fait la connaissance d'un jeune officier qui se trouvait récemment dans une zone de combats. À Louxor, après un bombardement, il a pris une photo extraordinaire que je lui ai échangée contre un cigare. C'est stupéfiant ! Il faut que j'aille tout de suite au musée du Caire – que je connais pourtant bien – afin d'étudier plus en détail la vie de Ramsès IV. Si ce que j'imagine est vrai, je suis sur le point de faire une découverte fantastique !

24 juillet. Est-ce possible ? J'en suis encore tout remué, et je sens que ma main tremble en écrivant ces lignes. J'ai découvert un secret fabuleux ! Un secret qui, lorsque je le révélerai, me rendra aussi célèbre que le grand Champollion ! Toutefois, je dois tout d'abord vérifier si ma découverte a quelque chance d'être confirmée. Le texte du scribe Ptolémaïs est incomplet. L'autre partie de la stèle se trouve à Paris, au musée du Louvre. Je vais donc retourner en France au plus vite.

31 juillet. Il m'a fallu attendre pendant une semaine entière avant de trouver une place dans un avion qui se rendait en France via la Grèce. Mais je me rapproche du trésor de Ramsès IV, à mille kilomètres/heure !

Paris, 1er août. Ah ! Je suis heureux ! Quelle chance ! Le texte que je viens de lire au Louvre complète parfaitement celui du Caire. Comment se fait-il que personne n'y ait fait attention ? Séparément, chacun de ces deux textes ne veut rien dire, mais quand on les réunit, on possède la clé de l'énigme. Oui, vraiment, je suis confondu de voir que personne n'a pensé à faire ce rapprochement. Pourtant, c'était à la portée du premier venu.

Fantômette interrompt sa lecture. Il lui semble que quelqu'un s'est présenté à la grille de l'entrée. Mais elle ne voit personne, et se remet à lire le carnet du professeur.

Évidemment, il fallait d'abord être capable de déchiffrer l'écriture de l'Égypte ancienne. Peut-être n'y a-t-il pas tellement de gens qui lisent couramment les hiéroglyphes ? Mais pour celui qui sait décrypter, quelle limpidité, quelle clarté ! Demain, à midi, je ferai une conférence de presse pour révéler le secret au monde entier !

Le journal s'arrête là. Il y a ensuite une succession de pages blanches, puis, tout à la fin, un texte précédé de la mention : *Traduction de la stèle n° 1 du scribe Ptolémaïs, musée du Caire, Égypte.*

Ce texte est le suivant :

On apporta tout d'abord les douze vases sacrés en argent sertis d'émeraudes. Puis les trois coupes d'or incrustées de rubis, et les brûle-parfum d'or et de jade. Ensuite les statues d'Isis et d'Osiris, en or massif. Et la vaisselle du Pharaon, toute d'or aussi. Puis dix fois dix colliers de topazes, et autant d'anneaux d'argent ornés de pierreries. On ajouta les armes, les coffrets remplis de bijoux innombrables. Tout cela fut enfermé dans la pierre...

Deux pages plus loin, le carnet portait la phrase : *Traduction de la stèle n° 2 du scribe Ptolémaïs, musée du Louvre, Paris. (Suite de la stèle n° 1.)*

Fantômette s'apprête à prendre connaissance de cette traduction, quand la sonnerie du téléphone retentit dans le pavillon. Elle pose le carnet sur une table en fer, court vers la pièce du rez-de-chaussée où se trouve l'appareil, qu'elle décroche.

— Allô ? J'écoute... Allô ? ... Parlez ! ... Qui

est à l'appareil ? Allô ? ... Mais parlez donc ! Allô ?

Dans l'écouteur, il n'y a qu'un léger grésillement indiquant que le correspondant est en ligne. Mais il reste muet. Fantômette dit encore deux ou trois fois « Allô ! » puis elle raccroche d'un coup sec.

« Un faux numéro, ou quelqu'un qui s'amuse à me faire une farce. »

Elle revient dans le jardin, reprend sa place dans le fauteuil de toile et allonge la main pour saisir le carnet. *Il n'est plus sur la table.*

« Tiens ! Je l'ai posé là il y a deux minutes... Il ne s'est tout de même pas envolé ! »

Elle se lève, pense brusquement au coup de téléphone.

« Mille pompons ! On m'a appelée pour m'éloigner... Juste le temps de me prendre le carnet ! ... Ah ! Bravo ! Bien manœuvré ! »

Elle court jusqu'au portail du jardin, regarde dans la rue. Tout au bout, une voiture s'enfuit.

« C'est Socrate Mykonos, évidemment. Ah ! le bandit ! la canaille ! Juste au moment où j'allais lire la seconde traduction ! Décidément, je n'ai pas de chance ! Déjà, cette nuit, j'étais à deux doigts d'apprendre où se trouve la cachette du trésor, et maintenant... Oh ! Mais ça ne va pas se passer comme ça ! Il est temps que je réagisse ! Ma petite Fantômette, il faut te réveiller. »

Elle fait les cent pas dans le jardin, s'efforçant de mettre un peu d'ordre dans ses idées pour clarifier la situation.

« Voyons... Faisons le point... Il faut reprendre l'affaire à son début... D'abord, l'architecte apprend l'existence du trésor. Où ? Dans l'avion probablement. Comment ? Il doit être assis à côté du professeur qui est en train d'écrire sur son carnet. Comme il a une grosse écriture, on doit pouvoir la lire de loin facilement. De plus, il a la manie de parler à voix haute. Mykonos apprend ainsi que Pflafluff doit se rendre au Louvre. Il le suit, puis l'enlève aussitôt après et le cache dans le dépôt voisin de son atelier. Il doit être en bons termes avec le propriétaire de ce dépôt. J'interviens alors. Me voilà en possession du carnet avec les deux traductions. Donc, en principe, avec tous les éléments nécessaires pour trouver la cachette. Mais maintenant que je n'ai plus le carnet... »

Elle s'assoit sur la table de fer.

« Il me faut la traduction de la stèle du Louvre... Il doit bien y avoir à Paris d'autres égyptologues que le professeur Pflafluff...

Je vais demander à Œil de Lynx s'il peut m'aider. »

Elle décroche le téléphone, compose le numéro de *France-Flash* et demande à parler à Œil de Lynx. Au bout de quelques instants, elle obtient le journaliste.

— Allô ? Ici Fantômette. Du nouveau ?

— Oui. Le commissaire Maigrelet est furieux contre vous. Il paraît que vous l'avez envoyé dans une espèce de chantier où devait se trouver Pflafluff, et il n'a rien trouvé. Il a promis de vous faire manger votre pompon s'il vous attrape.

— Eh bien, dites-lui que je vais me faire fabriquer un pompon en sucre. Mais parlons sérieusement. À quelle heure est-il allé au dépôt de matériaux ?

— Vers six heures du matin, je crois.

Fantômette hoche la tête. Entre une heure du matin (quand l'architecte est revenu en voiture) et six heures, il a largement eu le temps d'enlever les sacs de plâtre et d'emmener le professeur jusqu'à une autre cachette. Comment faire maintenant pour retrouver l'égyptologue ? La jeune aventurière médite un instant, puis décide de s'en tenir provisoirement au problème de la stèle. Elle demande à Œil de Lynx :

— Dites-moi, vous qui savez tout... Y a-t-il en ce moment à Paris quelqu'un capable de traduire un texte hiéroglyphique ? Avec cette affaire, vous avez dû vous occuper de l'Égypte ancienne ?

— Oui, en effet, nous avons publié des tas d'articles sur les pyramides et le sphinx. Mais nous avons utilisé surtout des documents pris dans nos archives. Enfin, je vais me renseigner... Vous pouvez me rappeler d'ici une demi-heure ?

Une demi-heure plus tard, le journaliste fait savoir à Fantômette qu'il a contacté vainement les services des Musées nationaux, l'Institut des langues orientales et l'ambassade d'Égypte. Tous les gens susceptibles de traduire des hiéroglyphes sont absents ou en vacances.

— Merci tout de même, Œil. Je vais tâcher de me débrouiller autrement.

Il ne lui reste plus qu'une seule ressource : se rendre au Louvre pour y recopier la stèle n° 2. Puis apprendre à lire les hiéroglyphes.

Comme Ficelle.

Des groupes de touristes hollandais, allemands, italiens. Des Américains mâchant un éternel chewing-gum. Des Anglaises en mini-jupes, des Japonais bardés d'appareils photo extraordinairement compliqués. Tous ont le nez en l'air pour suivre les indications du guide montrant un détail du plafond, ou le nez en bas afin d'examiner la signature d'un tableau. Une foule qui se presse, se bouscule même, dans la salle où l'on peut acheter des cartes postales, des albums de peinture. Il y a généralement moins de monde dans les salles du sous-sol où sont exposés les chefs-d'œuvre de l'art égyptien.

Pourtant, à l'instant où Fantômette descend l'escalier menant vers ces salles, il lui paraît qu'une animation particulière y règne. Un va-et-vient, un mouvement inhabituel. Et la présence insolite de trois ou quatre agents de police.

Elle se faufile à travers un groupe de visiteurs qui restent plantés, observant une des cloisons où sont accrochées des stèles. L'une de ces stèles est précisément celle que Fantômette est venue examiner, pour en recopier le texte.

Elle interroge un gardien qui tente de contenir l'avance des curieux.

— Monsieur, que se passe-t-il ?

Le gardien a un geste d'agacement.

— C'est la centième fois qu'on me pose cette question depuis une heure ! Vous ne voyez pas la stèle de Ptolémaïs, non ? Regardez-la, et vous en saurez autant que moi ! Quelqu'un l'a sabotée. On a gratté le début du texte. Ah ! ces touristes ! De vrais vandales, je vous jure ! Si ce n'est pas malheureux ! Quelle époque !

Fantômette lève les yeux vers la pierre. Une ligne verticale de hiéroglyphes a été grattée au moyen d'un ciseau ou d'une lame de métal dur, de telle sorte qu'il est maintenant impossible d'en lire les caractères. Fantômette sent un frisson lui courir le long du dos.

« C'est Mykonos, une fois de plus. Ce ne peut être que lui. Il a détruit la phrase indiquant l'emplacement du trésor. Ah ! il est diablement fort, le bonhomme ! Beaucoup plus que je ne l'imaginais ! ... Il a maintenant à sa disposition le carnet du professeur Pflafluff, le professeur lui-même, et il a supprimé tout indice permettant d'arriver jusqu'au trésor de Ramsès IV. Mille pompons ! Enfin un adversaire à ma taille ! Un ennemi digne de moi ! Voilà qui me change un peu des cambrioleurs du dimanche. Monsieur Socrate Mykonos, mes compliments ! Vous êtes un maître... Si Fantômette veut gagner la partie, il va falloir qu'elle s'emploie à fond ! ... Très bien, je vais donc m'employer à fond. Nous allons nous expliquer, Socrate ! »

chapitre 7

Fantômette se fâche

Pendant les jours qui suivent, Fantômette organise une surveillance systématique de Mykonos. Dès le début de la matinée, elle se poste dans les environs du passage Dutout. Elle porte une perruque blonde à longues nattes et des lunettes à grosse monture qui la rendent méconnaissable. Elle trace des marelles sur le trottoir avec des craies de couleur, et saute inlassablement à cloche-pied, tout en surveillant les gens qui entrent et sortent de l'atelier ou du dépôt de matériaux.

C'est ainsi que, petit à petit, elle finit par connaître de vue tous ceux qui travaillent dans l'entourage de l'architecte. Et tout d'abord les trois dessinateurs complices de Mykonos, à la barbe desquels elle a filé en sautant à la perche. Puis le propriétaire du dépôt, un grand gaillard rougeaud qui est évidemment de mèche avec l'architecte. Et un homme brun, au regard sournois, parlant le grec. Celui que Mykonos a rejoint en sortant du Louvre.

À plusieurs reprises, elle remarque la présence dans les parages de clochards en haillons, qui déambulent toujours par deux.

« Des inspecteurs, évidemment. Le commissaire Maigrelet, bien qu'il n'ait pu retrouver le professeur sur mes indications, a quand même fini par se rendre compte que Mykonos est suspect. Et il le fait surveiller. »

Mais l'architecte semble se désintéresser complètement de cette surveillance. Il passe devant les policiers la tête haute, un sourire ironique au coin des lèvres. Ou bien il sifflote *J'ai du bon tabac* avec l'air de se moquer du monde. Cette conduite exaspère Fantômette.

« Il a l'air bien sûr de lui, le coquin ! Je dois reconnaître qu'il a la situation en main. Comment faire maintenant pour retrouver ce pauvre Pflafluff ? Ah ! il m'agace, avec son air narquois ! J'ai bien envie de lui rabattre son caquet. L'inquiéter... lui faire peur... »

Elle réfléchit. Si l'architecte Mykonos se trouve dans un climat d'insécurité, il finira peut-être par s'affoler et par commettre une erreur dont elle profitera ?

Socrate Mykonos arrête sa voiture dans le passage, descend, entre dans l'atelier. Il salue d'un signe de tête ses dessinateurs, s'approche de l'un d'eux.

— Alors, Domenico. Ça avance, ce plan ?

— Oui, patron. J'ai terminé la coupe.

— Bien. Les dimensions sont exactes, je suppose ?

— Je pense, oui.

— Tu sais que nous ne pouvons pas nous permettre la moindre erreur, hein ? C'est le genre de coup que l'on ne peut pas faire deux fois.

— Je sais, patron. Mais en principe, si le relevé est exact, nous devons tomber en plein dans le mille.

— Bon.

L'architecte s'assoit devant son bureau, allume une cigarette de tabac blond, puis ouvre un dossier posé devant lui, dont la couverture porte la mention : « *Viaduc de Tours-lès-Plessis.* » Il reste immobile pendant un moment, puis lève les yeux et demande sèchement :

— Qu'est-ce que cela signifie ?

Les dessinateurs se figent, le tire-ligne en main. Domenico interroge Mykonos.

— Vous dites, patron ?

Socrate Mykonos saisit une feuille de papier qui se trouve en tête du dossier et la tend à Domenico.

— Ceci... Qu'est-ce que c'est ? Qui s'est amusé à mettre ça ici ?

Domenico regarde la feuille, plisse son front, fait la moue.

— Je n'en sais rien, patron. Je ne sais pas d'où ça sort.

Les autres dessinateurs quittent leurs tables pour s'approcher et examiner la feuille. Elle porte quelques mots écrits en majuscules :

« TU PERDS TON TEMPS. TU N'AURAS PAS LE TRÉSOR. ABANDONNE ! »

Ce texte est suivi d'une signature : *Fantômette.* Socrate Mykonos se lève, sourcils froncés, et menace :

— Si c'est l'un d'entre vous qui s'amuse à faire des farces, je le préviens tout de suite que je n'aime pas beaucoup ce genre de plaisanterie !

Mais les dessinateurs semblent surpris par l'apparition de ce papier inattendu et font des gestes d'ignorance. Domenico hoche la tête.

— Ce n'est pas nous, patron. C'est cette fille masquée que nous avons vue l'autre nuit. Une espèce de justicière...

— Elle est donc venue ici ? Elle a trouvé le moyen d'entrer et de mettre ce papier dans le dossier ?

— Il faut croire...

Socrate Mykonos s'assoit, réfléchit. L'intervention de la mystérieuse Fantômette est plausible. Elle s'est déjà introduite dans le dépôt de matériaux ; donc elle peut aussi bien s'être glissée dans le bureau d'études. Sa présence vient compliquer la situation. Doit-il, à cause d'elle, modifier ses plans ? Il se tourne vers Domenico :

— Dis-moi, cette Fantômette, qu'est-elle au juste ? Une gamine qui s'amuse à faire l'école buissonnière ?

— Pas tout à fait, patron. Je crois au contraire qu'elle est très dangereuse et qu'il faut s'en méfier. Elle a réussi à faire arrêter des bandits comme le Furet par exemple. Et si elle s'intéresse à notre affaire, c'est bien ennuyeux. Je regrette qu'elle nous ait repérés. Il faudrait tâcher de l'éloigner.

Mykonos écrase une cigarette dans un cendrier, en allume une autre, puis déclare :

— Je rentre chez moi. J'ai besoin de réfléchir

à ce problème. Si la Fantômette en question se manifeste de nouveau, passez-moi tout de suite un coup de fil. En attendant, ouvrez l'œil.

Il sort de l'atelier, monte dans sa voiture et pousse une exclamation. Coincée sur le volant, une carte de visite porte ces mots écrits à la main :

Fantômette vous supplie d'abandonner. Vous n'êtes pas de taille.

Agacé, il déchire la carte en morceaux qu'il fait voltiger dans le passage. Puis il démarre en faisant gronder son moteur, s'engage dans l'avenue Montparnasse et s'élance sur le boulevard de l'Ouest. Vingt minutes plus tard, il s'arrête devant son domicile. Il franchit une grille, traverse un jardin, ouvre la porte d'un hôtel particulier dont il occupe le rez-de-chaussée. Il tire une clé de sa poche, ouvre, referme, fait quelques pas dans le vestibule, s'arrête devant une grande glace pour jeter un coup d'œil satisfait sur son image. Il voit alors, tracée à la craie grasse sur le miroir, cette apostrophe aussi familière qu'ironique :

Tu as le bonjour de Fantômette !

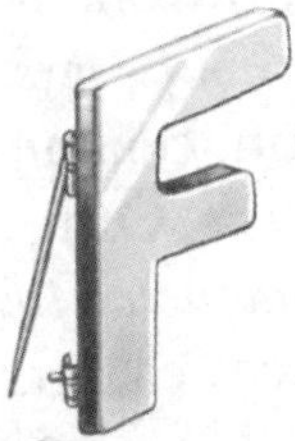

chapitre 8

À Fontainebleau

Œil de Lynx allume son ordinateur, mordille le tuyau de sa pipe toujours éteinte et attend que vienne l'inspiration, pour écrire l'article sensationnel que le rédacteur en chef lui a demandé.

Il n'y a malheureusement aucun élément nouveau dans l'affaire Pflafluff. Le savant demeure introuvable malgré les affirmations du commissaire Maigrelet qui annonce chaque matin la découverte d'une nouvelle piste. Le trésor de Ramsès IV reste, lui aussi, invisible. Les journalistes s'arrachent les cheveux pour tâcher de tenir leurs lecteurs en haleine, à grand renfort de suppositions, de théories, de rêveries. Œil de Lynx se gratte la tête.

« Voyons... que vais-je bien pouvoir leur raconter ? Commençons par le titre... *Le mystère du Pharaon s'épaissit à vue d'œil...* Non, cela ne va pas... Hum ! *Révélations imminentes...* Oui, ça, c'est mieux... Ou peut-être : *Le fabuleux trésor est-il caché sous nos pieds ?* ... Oui, ça, ça accroche ! »

Il commence à rédiger son article :

Faut-il croire l'incroyable ? Le trésor du pharaon Ramsès IV est peut-être sous nos pieds ! Où ? Quelque part et n'importe où. Dans une cave de Saint-Germain-des-Prés, sous le parvis de Notre-Dame, dans les tunnels du métro. Tels sont quelques-uns des divers endroits révélés par plusieurs voyantes. Selon Mme Fathima Fathma, cartomancienne réputée, les richesses seraient dissimulées dans un égout qui passe sous la rue des Pyramides. Qui dit pyramides, bien sûr, dit pharaon, donc trésor.

La sonnette de l'entrée fait ding-dong. Fantômette repose le plan de Paris qu'elle est en train d'étudier, s'approche de la fenêtre et écarte le rideau. Derrière la grille se tient un gros homme rougeaud, aux cheveux grisonnants, dont le nez semble reposer sur une moustache fort broussailleuse. Il tient sous le bras un porte-documents de cuir noir.

« Un représentant », pense Fantômette en appuyant sur le bouton d'un interphone qui aboutit au portail.

— Je vous écoute, monsieur. Que désirez-vous ?

Le visiteur sursaute, surpris par cette voix qui semble venir de nulle part. Il regarde autour de lui, aperçoit un micro sur la clôture et répond :

— Je voudrais parler à Mlle Fantômette. Je suis détective. C'est M. Œil de Lynx qui m'a dit où vous habitiez.

Fantômette fronce le sourcil. Le journaliste a manqué à sa promesse. Maintenant, si n'importe qui peut savoir où elle demeure, on viendra la solliciter à longueur de journée. On la dérangera pour un porte-monnaie volé ou un chat perdu...

Maussade, elle consent à ouvrir la porte au détective. Il s'incline et présente des excuses :

— Je suis désolé de vous déranger, mais ce que j'ai à vous dire est d'une importance extrême. Et quand vous connaîtrez la raison de ma visite, je suis sûr que vous ne m'en voudrez pas d'être venu jusqu'ici.

Elle le fait asseoir dans le fauteuil gonflable d'un salon à décoration futuriste et dit :

— Je vous écoute, monsieur.

Le détective tire un vaste mouchoir à carreaux, s'éponge le front et explique :

— Voilà. Je me nomme Jérôme Paturon. Je m'occupe actuellement de l'affaire Pflafluff avec le commissaire Maigrelet.

Fantômette sent aussitôt son ennui se dissiper. Le détective cesse d'être un importun. Elle demande :

— Avez-vous quelque nouvel élément d'enquête ?

— Oui. Et comme le commissaire sait que cette affaire vous intéresse, il m'a chargé de me mettre en rapport avec vous.

— Je croyais qu'il était fâché ? Je l'ai dérangé pour rien, l'autre nuit.

— Vous voulez dire, quand il est allé au dépôt de marchandises et qu'il n'a pas trouvé le professeur ? Il a déjà oublié cela, je vous assure.

— Tant mieux. Alors, vous dites qu'il y a du nouveau ?

— En effet. Nous avons mené une enquête serrée au sujet de l'architecte Socrate Mykonos, et nous avons pu établir un fait précis : depuis quelques jours, il se rend régulièrement à

Fontainebleau. Il parcourt la forêt avec quelques dessinateurs, déjeune dans cette ville, retourne se promener sous les arbres. Ces allées et venues ont lieu depuis que le professeur a disparu.

— Pourquoi Fontainebleau, à votre avis ?

— Je crois avoir trouvé une explication. Vous savez que Napoléon Bonaparte avait organisé une expédition en Égypte ?

— Oui, bien sûr. C'est là qu'il a dit à son armée : « Du haut de ces pyramides, quarante siècles vous contemplent. »

— Oui, paraît-il. Eh bien, le commissaire Maigrelet et moi, nous pensons que l'expédition d'Égypte a eu pour but véritable de rapporter en France le trésor de Ramsès IV. D'autre part, vous devez savoir, si vous avez suivi attentivement les leçons d'histoire en classe, que Napoléon a abdiqué en 1814 !

— En effet.

— Savez-vous à quel endroit ?

— À Fontainebleau.

— Précisément.

Fantômette réfléchit une seconde, puis demande :

— Mais quel rapport avec le trésor ?

— Celui-ci : avant de faire ses adieux à son armée, ce que l'on a appelé « les adieux de Fontainebleau », Napoléon aurait caché le trésor dans la forêt. Seuls quelques fidèles auraient été mis au courant de la cachette.

— Et Mykonos connaîtrait cette cachette ?

— Pas exactement, sinon il aurait déjà trouvé le trésor. Mais il doit avoir des indications assez précises pour entreprendre des recherches.

Fantômette se dit que, si l'architecte dispose de renseignements pouvant l'amener jusqu'au trésor, il suffira de le surveiller discrètement et d'attendre qu'il ait réussi pour mettre la main sur les vases de Ramsès IV en même temps que lui. C'est ce qu'elle dit à Jérôme Paturon. Le détective secoue la tête.

— Nous pouvons faire encore mieux.

— Quoi donc ?

— Déterrer le trésor tout de suite.

Fantômette sursaute :

— Vous savez donc où il est ?

— Non, mais j'ai les mêmes documents que ceux dont dispose Mykonos.

Le détective ouvre en souriant son porte-documents et présente une feuille de papier.

— Si vous voulez bien jeter un coup d'œil sur ce texte. J'ai recopié l'essentiel d'une lettre adressée par l'empereur au maréchal de Grammont. Cette lettre a été récemment retrouvée et publiée dans un journal de province.

Fantômette prend la feuille et lit :

Hier, j'ai fait creuser en forêt un trou d'un pied de profondeur. On y a mis les objets qui ne m'ont pas quitté depuis mon retour d'Égypte. Vous savez de quoi je veux parler. Si par malheur je ne pouvais revenir en France, ne manquez pas de déterrer la chose et d'en faire profit pour combattre mes ennemis. Le trou est au pied d'un rocher bossu au croisement de deux sentiers, près de la grand-route.

— Voilà, dit le détective, vous en savez maintenant autant que nous.

— Et autant que Mykonos. S'il se promène dans la forêt de Fontainebleau, c'est bien pour rechercher le trésor ?

— Sans aucun doute. Mais comme apparemment il ne l'a pas encore trouvé, nous avons autant de chances de parvenir au but. Je dirai même que nous avons *plus* de chances, si vous vous occupez de cette affaire.

— Pourquoi donc ?

— Parce que vous êtes plus intelligente que Mykonos. Vous serez donc la première à trouver la cachette.

— Merci pour le compliment.

— Il n'y a pas de quoi. Alors, puis-je compter sur vous ? Ma voiture est à votre disposition pour vous emmener.

— Je vous remercie, mais c'est inutile. Je prendrai le car.

— Comme vous voudrez. Dès que vous aurez trouvé le trésor, faites-moi signe... Ah ! autre chose... Quelques-uns de nos hommes surveillent l'architecte. Donc, aucun danger pour vous de ce côté-là. Vous pourrez circuler dans la forêt sans crainte d'être dérangée.

— Et si je ne trouve pas le trésor ?

— Vous le trouverez, j'en suis sûr.

Après le départ du détective, un problème se pose à Fantômette. Pour faire cette exploration en forêt, mettra-t-elle son costume jaune et noir, ou ira-t-elle en robe ?

Après deux minutes de réflexion, elle choisit un compromis : blouson de soie jaune et pantalon noir.

— Si nous allions faire un pique-nique en forêt ? propose Françoise.

Boulotte bondit de joie.

— Oh ! oui ! bonne idée ! J'adore manger sur l'herbe.

— Moi aussi, dit la grande Ficelle, mais je ne sais pas si je pourrai vous accompagner.

— Pourquoi, demande Françoise, tu as des choses urgentes à faire ?

— Oui. J'ai commencé à traduire une phrase très compliquée du temple d'Abou Simbel. J'ai trouvé trois mots : *fleuve, sarcophage et soleil.*

Depuis une semaine, Ficelle s'est prise d'une passion dévorante pour l'étude des hiéroglyphes. De temps en temps, elle est en proie à une manie nouvelle qui lui occupe l'esprit entièrement pendant quelques jours. C'est ainsi que, six mois auparavant, elle avait décidé de consacrer sa vie à la botanique. Elle avait récupéré tous les cartons de la maison pour en faire des herbiers et acheté une flore, c'est-à-dire un catalogue de plantes. Elle s'était longuement promenée dans la campagne sous les averses printanières, tenant d'une main sa flore, de l'autre un encombrant tonnelet de carton qui avait contenu de la lessive aux enzymes, dans lequel elle mettait sa cueillette. De retour dans sa chambre, elle faisait sécher les brins d'herbe dans des dictionnaires, puis les collait sur ses cartons avec du ruban adhésif et les accompagnait d'étiquettes. Comme elle avait beaucoup de mal à découvrir le nom des plantes, on trouvait sur les étiquettes des indications telles que :

N° 125. Plante bizarre. La tige est celle d'une amaryllis, les feuilles ressemblent à celles de l'alisma. La fleur a l'air d'être une vallisnérie.

Elle avait abandonné la botanique pour l'astronomie. Au risque de s'enrhumer, elle passait de longues heures nocturnes sur son balcon, nez en l'air, l'œil collé à une lunette de sa fabrication. Elle cherchait à retrouver le nom des constellations et des planètes, s'efforçait d'apercevoir des satellites. Ayant un soir braqué son instrument en direction de la lune, elle affirma y avoir aperçu un astronaute en train de gesticuler pour lui faire des signes.

Maintenant, elle ne vit plus que pour Ptolémée, Thoutmosis et Aménophis. Son esprit remonte le Nil, escalade le sphinx, descend dans les tombeaux des pharaons. Elle se demande pourquoi, puisqu'on a déplacé le temple d'Abou Simbel pour l'empêcher d'être submergé par les eaux d'un barrage, on ne déménage pas les pyramides pour les installer sur l'esplanade des Invalides, ce qui permettrait aux Parisiens de les contempler sans quitter la capitale.

Quand Françoise lui précise que le but réel du pique-nique est la recherche du trésor de Ramsès IV, elle pousse un hurlement de joie qui doit s'entendre jusqu'à Khartoum (Soudan).

— Où est-il, où est-il, ce trésor ?

— Quelque part au pied d'un rocher, ma grande Ficelle.

— Alors, je vais emporter une pelle. Et mon sac à dos pour y mettre les statues d'or et les bijoux. Vite, préparons-nous ! Crois-tu qu'il va pleuvoir ? Je ferais bien d'emporter un parapluie...

La grande fille s'active, monte et descend les escaliers, se fâche parce qu'on lui a caché ses lunettes de soleil (elle les a déjà mises sur son nez), vide la moitié d'une bombe de laque pour tenter de faire tenir en place ses mèches rebelles, et manque de fondre en larmes quand elle s'aperçoit qu'un bouton de sa chemise est absent.

Pendant que Ficelle révolutionne ainsi la maison, Boulotte fait durcir des œufs dans de l'eau bouillante et entasse dans une glacière des provisions soigneusement sélectionnées. Elle y ajoute des bouteilles de jus de fruits et met à part dans un sac en plastique les condiments que l'on oublie habituellement, tels que le sel, le poivre, la moutarde ou les cornichons. Mais en matière de victuailles, Boulotte n'oublie jamais rien. La seule fois où la chose s'est produite (elle avait laissé l'ouvre-boîtes à la maison), Boulotte s'est trouvée si confuse, qu'elle en a perdu l'appétit pendant trois grandes minutes.

Quand tout est prêt, Françoise donne le signal du départ ; après quelques minutes de marche, les trois amies se trouvent à l'arrêt de car. Ficelle se redresse d'un air conquérant. Elle pousse Françoise du coude et dit à mi-voix :

— Tous ces gens qui attendent le car comme nous ne se doutent pas que nous partons pour la chasse au trésor ! Cette expédition est extra !

Elles montent dans le car qui démarre. Ficelle s'aperçoit alors que Françoise tient à la main un paquet d'aiguilles à tricoter.

— Tiens ! Tu vas faire du tricot dans la forêt ? Mais tu n'as pas emporté de laine ?

— Non, je n'ai pas emporté de laine.

— Alors, que vas-tu faire avec ces aiguilles ?

— Tu le verras tout à l'heure, ma grande.

Pendant tout le trajet, Ficelle se triture le cerveau pour tenter de deviner les projets de son amie, mais n'y parvient pas. Au terminus de Fontainebleau, Boulotte sort un caramel de sa poche et demande :

— Par quoi commençons-nous ? Nous grignotons d'abord quelque chose ?

— Plus tard ! répond Françoise, allons tout de suite dans la forêt.

Elles parcourent quelques centaines de mètres à pied, parviennent à la lisière de la forêt. Françoise s'est munie d'une carte détaillée de la région. Elle désigne un sentier qui s'enfonce entre les arbres.

— Il doit y avoir des rochers de ce côté. Allons voir.

Elles marchent pendant cinq ou six minutes et se trouvent devant un amas de rochers gris, arrondis, grands comme des camions. Ficelle demande en brandissant une pelle :

— Françoise, à quel endroit se trouve le trésor ?

— Au pied d'un rocher.

— Bon. Lequel ?

— Je n'en sais absolument rien.

— Comment ? Tu n'en sais rien ! Alors, il va falloir creuser partout ? C'est dément !

— Non. J'ai là un petit truc qui va nous faciliter les choses.

La brunette prend une aiguille à tricoter

grand modèle, se baisse et l'enfonce dans la terre.

— Voilà. Nous allons sonder le terrain. Théoriquement, le trésor n'est pas à plus d'un pied de profondeur, c'est-à-dire une trentaine de centimètres. Comme nos aiguilles sont très longues, elles doivent descendre assez bas pour le toucher.

— Ah ! quelle idée adorable ! Vite, à nous le trésor !

Elles prennent chacune une aiguille, se mettent à genoux et commencent leurs opérations de sondage. Elles se sont mises l'une à côté de l'autre et piquent un peu au hasard. Mais bientôt elles adoptent un mouvement d'ensemble, régulier, et enfoncent leur aiguille en cadence, tous les vingt centimètres, en chantant un refrain improvisé pour la circonstance :

— Pique, pique et pique ! ... Pique, pique et pique !

Au bout de deux minutes, Ficelle crie :

— Ça y est ! Je le tiens ! ... Regardez... je ne peux plus enfoncer l'aiguille !

Elle se précipite vers sa pelle, creuse avec frénésie. La pelle fait entendre un son sec.

— Ah ! je l'ai ! ... je l'ai !

Elle se baisse, fouille la terre avec ses mains et pousse un cri. De déception, cette fois.

— Oh ! Un caillou… un vulgaire caillou… Un idiot de caillou !

Elle le ramasse et le jette au loin, rageusement. Françoise a un petit rire :

— Tu n'espérais tout de même pas trouver le trésor du premier coup ?

— Mais si !

— Un peu de patience, Ficelle. Tu dois savoir que l'égyptologue Howard Carter a fait des fouilles pendant six ans avant de trouver le trésor de Toutankhamon.

— Oui, mais c'était un Anglais, lui. Et les Anglais sont très patients. Moi, je n'ai pas l'intention de passer six ans dans la forêt de Fontainebleau. Six heures, je veux bien. Mais pas plus.

En bougonnant, elle se remet à sonder. Cinq minutes plus tard, c'est au tour de Boulotte d'être arrêtée par un obstacle souterrain. Elle creuse et sort une vieille souche de bois noirâtre, même pas bonne à manger. Ce qui rend sa bonne humeur à Ficelle.

— Ah ! Je vois qu'il n'y a pas que moi qui ne trouve rien ! Il y a aussi d'autres trouveuses de rien !

Dix minutes plus tard, nouvelle interruption. La grande Ficelle découvre un caillou n° 2, aussi bête et méchant que le premier. Alors, elle abandonne.

— Ouf ! J'en ai assez d'être là, à genoux. C'est fatigant, ce métier !

— Si l'on mangeait un brin ? propose Boulotte.

— Bonne idée. Nous avons besoin de reprendre des forces. Ah ! quel travail anéantissant ! Oui, je me sens anéantissée ! Heureusement que je suis persévérante, courageuse et infatigable... Où est le sel ? Boulotte, passe-moi le sel, tu veux ? Un œuf dur sans sel est comme un cheveu sans bigoudi.

Elles ont étalé des serviettes sur l'herbe d'un coin de clairière. Boulotte sort les provisions de la glacière portative. Françoise débouche des bouteilles de soda à l'orange. Dans les arbres, les oiseaux racontent des histoires. Leur pépiement couvre le lointain grondement des voitures qui défilent sur la nationale.

Après ce déjeuner sur l'herbe, Ficelle cherche des trèfles à quatre feuilles, puis des champignons et des fraises des bois. N'ayant rien trouvé de tout cela, elle reprend son aiguille à tricoter et se remet à piquer le sol, aidée par ses deux amies. Elles tournent ainsi autour de l'amas rocheux, trouvent encore deux ou trois cailloux enterrés. Ficelle soupire.

— Il me semble que nous ne cherchons pas au bon endroit. Tu ne crois pas, Françoise ?

— C'est possible. Il y a des roches un peu partout dans cette forêt, et j'ignore quelle est la bonne. Allons ailleurs.

Françoise consulte sa carte et oriente les recherches vers un autre groupe de rochers, à cinq cents mètres de là. Les recherches recommencent. Plus lentement, d'ailleurs. Avec moins d'enthousiasme. Les aiguilles semblent plus difficiles à enfoncer. On plante maintenant à des intervalles moins rapprochés, et sans chanter. Au bout d'une demi-heure, Ficelle jette son aiguille et se laisse tomber sur un tas de mousse.

— Ouf ! J'abandonne. Nous ne trouverons jamais...

— Comment, dit Françoise ironiquement, tu te décourages si vite ? Un merveilleux trésor est à la portée de ton aiguille, et tu y renonces ?

— Ta méthode de tricotage est trop fatigante. J'aurais dû apporter une pendule, comme les radiesthésistes. Tu sais, une boule accrochée à un fil.

— On dit *un* pendule.

— Aucune importance. Un ou une, c'est pareil... Tiens, puisque je n'ai pas de pendule, je vais essayer avec ma montre.

Elle détache sa montre, l'accroche au bout d'une chaînette qu'elle porte autour du cou, et se met à tourner autour des rochers en tenant son pendule improvisé devant elle, à bout de bras, en essayant de ne pas respirer. Elle annonce :

— Quand je serai au-dessus du trésor, il va se balancer.

Elle fait trois fois le tour des rochers, s'arrête et pousse un cri.

— Ah ! Ça y est ! Il se balance ! Regardez !

Françoise secoue la tête :

— Parce que tu t'es arrêtée brusquement.

— Mais non ! Je t'assure que le trésor est sous mes pieds.

Elle court prendre la pelle, creuse avec ardeur sous l'œil ironique de Françoise qui mâchonne une pâquerette. Au bout de quelques minutes, Ficelle a obtenu un magnifique trou, parfaitement vide. Elle laisse tomber sa pelle et passe le dos de la main sur son front.

— Ah ! je laisse tomber ! ... Les pendules, la voyance, la radiesthésie... peuh ! de la blague ! J'ai toujours dit que ça ne marche pas, ces trucs-là ! Et puis, j'en ai assez, de Ramsès IV. Qu'il le garde, son trésor ! Allez, on retourne à la maison. Vous venez ?

Boulotte approuve.

— Oui. Si on rentre assez tôt, je ferai une pâtisserie. Une tarte aux mirabelles, avec de la crème Chantilly.

— Et toi, Françoise, tu viens ? Ce n'est pas la peine d'insister. Il nous faudrait bien cent sept ans pour sonder autour de toute la rocaille qu'il y a dans cette forêt !

La brunette semble avoir de la peine à quitter les roches. Comme à regret, elle murmure :

— Il nous faudrait beaucoup de temps, oui. Beaucoup trop.

Elle fait quelques pas, s'arrête, un doigt entortillant une de ses boucles noires. Elle réfléchit.

— Il nous faudrait même tellement de temps, que je me demande pourquoi nous sommes ici. Oui, pourquoi sommes-nous venues ? ... Est-ce que par hasard... Mille pompons ! Ce serait un peu fort ! ...

— Tu dis ?

— Rien, rien...

Une idée vient de lui traverser l'esprit.

Un coin de voile se déchire brusquement, pour lui révéler une partie de la vérité. Elle entraîne ses amies.

— Partons ! Le plus vite possible. Ficelle, à quelle heure y a-t-il un car ?

— À seize heures quarante-cinq.

— Dans cinq minutes ? Courons !

C'est une ruée vers la ville. De justesse, elles peuvent attraper le car. Pendant tout le trajet, Françoise, sombre, ne desserre pas les dents. De retour à Framboisy, elle décline l'offre de Boulotte qui veut lui faire faire de la pâtisserie, dit au revoir à Ficelle et s'en va à grands pas.

chapitre 9

Le secret de Ramsès IV

Fantômette décroche le téléphone, compose le numéro du commissaire Maigrelet.

— Allô ? Ici Fantômette... Comment ? Vous êtes toujours fâché contre moi ? ... Vous voulez me pulvériser ? Je vous répète que quand je vous ai envoyé au chantier, le professeur se trouvait sous des sacs de plâtre. Si on l'a enlevé entre-temps, je n'y suis pour rien. Donc, vous me pulvériserez un autre jour, cher commissaire. En attendant, j'ai besoin d'un petit renseignement. Y a-t-il parmi votre personnel un détective nommé Jérôme Paturon ? ... Il n'y en a pas ? ... Ce nom ne vous dit rien ? Je m'en doutais.

Elle s'en doutait, effectivement. Jérôme Paturon est un faux détective. Son histoire de lettre écrite par l'Empereur n'est qu'une invention, et le trésor de Ramsès IV n'a jamais été enfoui dans la forêt de Fontainebleau. Toute cette machination n'a eu pour but que de l'éloigner de Paris. Pourquoi ? Parce qu'elle devenait gênante. Ses menaces ont certainement inquiété Socrate Mykonos, et il a chargé un complice de jouer les détectives pour se débarrasser d'elle provisoirement. Pendant qu'il l'envoyait perdre son temps en forêt, il pouvait mener à bien ses recherches dans Paris. Puisque le trésor devait s'y trouver, selon les affirmations du professeur Pflafluff.

Ce point étant éclairci, elle pose une autre question.

— Pouvez-vous me dire si l'architecte Mykonos est sorti de chez lui, au cours des dernières vingt-quatre heures ? ... Oui ? ... Il surveille des travaux pendant la nuit ? ... Au métro Concorde ?

Fantômette se rappelle alors le croquis qu'elle a examiné sur une planche à dessin, pendant sa visite nocturne dans l'atelier de l'architecte. Il représentait la coupe d'un tunnel, et ce tunnel était une vue intérieure d'une station de métro. Sans doute celle de la station Concorde. Elle demande :

— À part ces travaux, qu'a-t-il fait d'autre ? ... Il a rendu visite à un sculpteur grec ? ... Comment se nomme-t-il, ce sculpteur ? ... Théodocratis, rue des Balançoires, n° 17. Très bien. Merci du renseignement, commissaire... Vous dites ? Mykonos n'a rien à voir avec l'enlèvement du professeur Pflafluff ? Je ne suis pas tout à fait de votre avis... Vous cessez de le surveiller ? Je pense que vous avez tort. Moi, je vais continuer à m'occuper de lui... Je perds mon temps ? C'est ce que nous verrons. Bonsoir, monsieur le commissaire !

Elle raccroche, s'assoit sur le coin d'une table, ôte son bonnet et le fait tourner distraitement en le tenant par le pompon. La piste de Fontainebleau étant fausse, vers quel côté peut-elle orienter ses recherches ? Ah ! si elle avait eu encore le carnet avec la traduction de la seconde stèle, comme les choses auraient été simplifiées, puisque ce texte devait mener tout droit au trésor ! Mais maintenant, plus de carnet, plus de stèle lisible, la pierre du Louvre ayant été grattée.

Fantômette fait mouvoir ce qu'elle appelle les muscles de son cerveau.

« La pierre a été grattée, soit. Mais peut-être

existe-t-il des photos de cette stèle ? Le conservateur du Louvre doit avoir des reproductions de tout ce qui se trouve dans son musée. Aussi bien des tableaux, que des statues ou des antiquités égyptiennes. Je vais lui demander s'il a une photo de la stèle. »

Elle prend l'annuaire, cherche le numéro du Louvre, pose sa main sur l'appareil téléphonique, et s'immobilise.

« Une photo de la stèle... Suis-je bête ! Inutile de téléphoner. Il y a tout ce qu'il faut près d'ici. »

Ficelle tire une langue longue d'une aune (mesure ancienne valant un peu plus d'un mètre). Sa main droite tient un feutre. L'index de sa main gauche se pose sur un dessin représentant une hirondelle. Elle prononce :

« Our ! »

Elle dessine ensuite un demi-cercle en forme de soleil levant et dit :

« Our plus t, égale *ourt* ! »

Elle lit ensuite une phrase complète :

« *Ourt nef ank tsémi.* »

Puis elle reste perplexe pendant un long moment, se demandant ce que peut bien signifier cette suite de hiéroglyphes. C'est à cet instant que Françoise entre en coup de vent dans la chambre.

— Ficelle, j'ai besoin que...

— Attends, Françoise, je suis en train de traduire un passage aussi épineux qu'un hérisson... Je me demande pourquoi il y a ici trois feuilles de papyrus et deux fois le symbole de l'eau... Ça se prononce *Hé hé hénnn !* Tu entends ! *Hé hé hénnn !* Ensuite, on a *Ourt nef ank tsémi.* Il y a là-dedans quelque chose d'obscur. Je me demande si le scribe qui a écrit ça n'a pas fait une faute d'orthographe...

— Ficelle, je voulais…

— … pourtant, la langue des Égyptiens antiques est très simple. C'est une suite de rébus. Tu sais, des rébus ? Quand ils voulaient dire par exemple *chapeau,* ils dessinaient un *chat,* puis un *pot.* Ça faisait *chat-pot.* Tu comprends ?

Françoise fait un grand signe de tête affirmatif pour arrêter le discours de Ficelle, puis elle dit :

— Écoute, ma grande, je voudrais voir les photos que tu as prises au Louvre.

— Les photos du professeur Pflafluff ? Mon album de personnalités est dans ce tiroir...

Ficelle ouvre le tiroir de son bureau, farfouille pendant une minute ou deux, puis dit, très surprise :

— Il n'est pas là... C'est étrangement bizarre...

Une autre minute de réflexion l'amène à la conclusion suivante :

— C'est bizarrement étrange. S'il n'est pas là, il doit être ailleurs.

Françoise commence à sentir la moutarde lui monter au nez, comme disent les gens qui s'impatientent. Elle suggère :

— Et si tu regardais dans ton lavabo ? Ou sous ton lit ? Ou en haut de cette armoire ? Ou dans le tonneau à enzymes qui te sert de ramasse-végétaux ?

— Le tonneau ? Mais non, voyons ! Il me sert maintenant de poubelle superluxe... Ah ! tu as raison, il y est !

Elle retire l'album du cylindre de carton et le présente triomphalement à Françoise qui demande d'un ton narquois :

— J'aimerais savoir pourquoi tu as jeté ce précieux album ?

— Je ne l'ai pas jeté, répond Ficelle en prenant les grands airs d'une impératrice, il est tombé. Voilà. Je l'ai posé en équilibre sur ma tablette de lavabo, et il est tombé à cause d'un affreux courant d'air que la météo n'a pas prévu. Pourquoi veux-tu voir ces photos ?

— Sur l'une d'elles, il y a la stèle n° 2 du scribe Ptolémaïs.

— Celle qui a été gratouillée par un vilain ?

— Oui.

— Et tu veux la voir ?

— Je veux la voir.

— On peut savoir pourquoi ?

— Je pense qu'elle contient une indication intéressante sur l'endroit où est caché le trésor de Ramsès IV.

Ficelle secoue vigoureusement la tête.

— Ma petite Françoise, tu te fourres le doigt dans l'œil gauche jusqu'au coude droit. Il n'y a pas plus d'indication que de rhinocéros sur ma main.

— Comment le sais-tu, Ficelle ?

— *Je l'ai traduite, la stèle !*

Françoise ne peut retenir un petit sifflement d'admiration.

— Bravo, ma grande ! Je ne te savais pas si calée en hiéroglyphes.

— Je ne fais que ça depuis une semaine. J'en sais encore plus que Champollion.

— Alors, tu peux me donner cette traduction ?

— Évidemment !

Prenant un air majestueux, Ficelle saisit sur

le bureau son cahier de géographie, l'ouvre à la dernière page et le présente à Françoise avec la prestance de Christophe Colomb offrant à Isabelle de Castille la carte du Nouveau Monde. Françoise prend connaissance du texte avec un intérêt évident.

Elle lit à haute voix :

« ... *debout. Et alors le cortège accompagna le Pharaon jusqu'au tombeau. Et on entendit les chants funèbres. La foule baissait la tête et pleurait. Dans toute l'Égypte, les paysans et les habitants des villes étaient tristes...* »

Ficelle interrompt la lecture de Françoise :

— Tu sais, je ne garantis pas les verbes. Je n'ai pas pu savoir si c'est au présent ou au passé. Mot à mot, on a : *Ville-habitants-tristesse.* Tu sais, ce n'est pas très facile, cette langue. Ils devaient avoir du mal à bavarder, les Égyptiens anciens !

— Mais au moins es-tu sûre du premier mot ?

— Oui. Enfin, à peu près. Ça veut dire debout, ou dressé, ou vertical. Mais comme la stèle a été cassée, je ne sais pas ce qu'il y avait avant.

— Tu penses comme moi que ce mot se

rapporte à un objet dont il est question dans la première stèle ?

— Ah ! oui, sûrement. Sinon, je ne vois pas pourquoi il serait là.

— Bon. Merci, ma grande. Tu as fait du bon travail.

Ficelle se rengorge et déclare pompeusement :

— Grâce à mon génie ficellien, je fais toujours du travail extra !

À cette heure creuse de la journée, il y a peu de monde sur la ligne de métro Château-de-Vincennes-Pont-de-Neuilly. Fantômette s'est assise sur une banquette vide. Elle a mis un corsage blanc et une jupe bleue. Ses boucles noires se cachent sous un foulard assorti à la jupe, et l'éclat de ses yeux est masqué par d'énormes lunettes de soleil très à la mode.

Une fois de plus, elle étudie mentalement les textes des deux stèles que sa mémoire a parfaitement retenus. La solution du problème tient dans deux mots : le premier de la stèle du Louvre, le dernier de la stèle du Caire. La réunion de ces deux mots doit mener au trésor. Et Socrate Mykonos les connaît. Ce qui lui a permis, vraisemblablement, de commencer les fouilles pendant que Fantômette perdait son temps en forêt de Fontainebleau.

« Il se rapproche du but. Il va l'atteindre. Peut-être même vais-je arriver trop tard. Ah ! ce serait trop bête ! Une fois le trésor en poche, qui sait où il se sauvera ? »

Les stations défilent. Hôtel-de-Ville... Châtelet... Louvre-Rivoli...

« Le Louvre ! Dire qu'il y a une semaine, je ne savais rien de Ramsès IV, alors que maintenant, je vais peut-être découvrir son chapeau et ses sandales ! »

Palais-Royal-Musée du Louvre... Tuileries... Concorde...

Fantômette descend, s'attarde un moment sur le quai. Elle regarde autour d'elle, espérant voir l'architecte ; mais il n'y a là que des voyageurs pressés, un employé balayant nonchalamment le sol, quelques touristes occupés à regarder les affiches.

« Pourtant il vient ici surveiller des travaux. Si je savais à quel endroit exact les ouvriers travaillent, je serais fixée. »

Elle s'approche du balayeur, lui demande s'il sait à quel endroit se font les travaux. L'homme fait un signe affirmatif et tend la main.

— Oui, il y a des ouvriers qui viennent la

nuit creuser par là... À cinquante mètres environ.

Il indique l'entrée d'un tunnel. Fantômette pose une question :

— Il y a longtemps que ces travaux ont commencé ?

— Oh ! non... Depuis deux jours, je crois...

— Bien. Merci.

Cinquante mètres dans la direction du tunnel...

Fantômette se met à marcher vers la sortie en comptant soigneusement ses pas, et en observant l'orientation du chemin qu'elle suit. Elle débouche à l'air libre, près du jardin des Tuileries. Elle se retourne, réfléchit, calcule. L'endroit où se font les travaux souterrains correspond exactement au point de la surface qu'elle peut apercevoir, maintenant, de l'extérieur.

Et ce point est situé *au centre de la place de la Concorde.* Elle a un frémissement de joie.

C'est bien ça ! Le scribe Ptolémaïs n'a pas menti. Le dernier mot de la stèle n° 1 : *pierre.* Et le premier de la stèle n° 2 : *debout.* La pierre debout ! La pierre dressée, la pierre verticale !

Le texte complet lui vient maintenant à la mémoire. « ... On ajouta les armes, les coffrets remplis de bijoux innombrables. Tout cela fut enfermé dans la pierre verticale. »

Maintenant, elle l'a devant les yeux, la fameuse pierre verticale. Le monument de granit offert à la France par le vice-roi d'Égypte Méhémet-Ali, dressé sur la place de la Concorde en 1836. *L'obélisque !* L'obélisque bien connu des Parisiens, mille fois photographié par les touristes. L'obélisque qui a quitté la lointaine terre égyptienne pour devenir aussi français que la tour Eiffel ou l'Arc de Triomphe !

Très émue, Fantômette contemple le monument encerclé par la ronde incessante des voitures en se répétant à voix basse :

« Il est creux... Il est creux, et le trésor de Ramsès IV est à l'intérieur. »

Si elle avait eu le temps d'examiner plus attentivement la photo que le professeur Pflafluff avait obtenue d'un officier égyptien, elle aurait été capable de trouver la solution une semaine plus tôt. Maintenant, tout lui paraît clair :

« Il y avait devant le temple de Louxor deux obélisques. L'un est celui-ci, offert à la France. L'autre est resté sur place. Mais il a été abattu par une bombe, et ce que j'ai vu sur la photo était la coupe de cet obélisque. Sa section avait l'aspect d'un carré blanc, et le carré noir du centre était la cavité, le creux que les antiques sculpteurs avaient pratiqué. Seulement, il se trouve qu'un seul de ces deux obélisques a été utilisé pour cacher un trésor. C'est celui de la Concorde. L'autre est resté vide. »

Fantômette se demande si Méhémet-Ali connaissait la cachette. En faisant ce cadeau, se doutait-il qu'il offrait en plus des vases d'or et des bijoux précieux ?

« Après tout, peu importe. Ce qu'il faut savoir maintenant, c'est si Mykonos a réussi à creuser le plafond du métro jusqu'à l'intérieur de l'obélisque. En a-t-il eu le temps ? »

Elle téléphone au commissaire Maigrelet :

— Je vous signale que le trésor de Ramsès IV est dans l'obélisque de la Concorde, et que l'architecte Mykonos est en train de se l'approprier... Vous ne me croyez pas ? Je me moque de vous ? Eh bien, envoyez donc quelques inspecteurs à la station Concorde. Qu'ils jettent donc un coup d'œil sur les travaux qui ont été faits la nuit dernière. Salut !

Elle raccroche d'un coup sec, puis appelle *France-Flash*. Œil de Lynx est au bout du fil.

— Allô ! Œil ? Vous avez votre magnéto sous la main ? Oui ? Alors, allumez-le tout de suite. Je vais vous dicter le plus beau papier de votre carrière.... Quel titre ? Eh bien... *Le trésor de Ramsès IV est retrouvé.* Ça va ? Alors, je dicte...

Un quart d'heure plus tard, le commissaire Maigrelet constate que les travaux effectués par Socrate Mykonos ont consisté à percer un trou vertical, de bas en haut, pour atteindre l'intérieur de l'obélisque. Pour ce faire, l'architecte a utilisé du matériel de travaux publics qui sert à faire des aménagements dans la station Concorde. Il y a donc des travaux officiels, et un travail clandestin. Les inspecteurs peuvent constater que le percement a réussi, et que l'obélisque est effectivement creux. Mais il n'est pas seulement creux. *Il est vide.*

Socrate Mykonos s'est emparé du trésor !

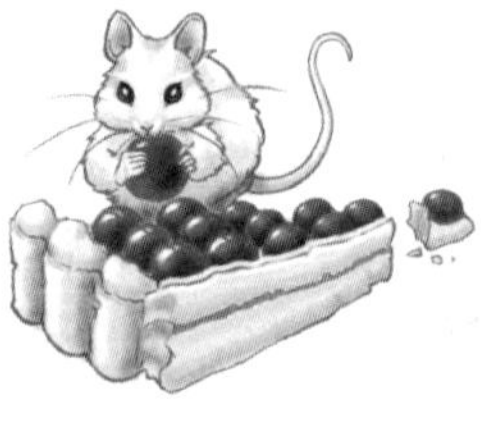

chapitre 10

Rue des Balançoires

Qui aurait pu se douter que l'obélisque de la Concorde était creux ? Et qu'il renfermait les richesses d'un pharaon ?

Du jour au lendemain, d'innombrables touristes vont s'agglutiner autour des grilles qui protègent l'obélisque et le mitraillent avec leurs appareils photo. Les autres monuments cessent d'attirer les visiteurs. On boude la tour Eiffel, on néglige Notre-Dame, et les Invalides ne font plus recette. Les cartes postales représentant l'obélisque s'envolent en une journée, et un fabricant astucieux lance aussitôt sur le marché des obélisques-tirelires en plastique.

Quand Ficelle entend la nouvelle annoncée

par sa radio, elle pousse un cri de surprise si aigu que Boulotte laisse tomber le pot de rillettes qu'elle est en train d'ouvrir (un pot en carton, heureusement). Françoise se précipite pour voir si la grande fille vient d'être mordue par un crocodile. Ficelle trépigne, agite les mains en ventilateur.

— Vous avez entendu ? Vous avez entendu ce qu'ils viennent de dire à la radio ? L'obélisque est creux ! Creux comme...

— Une coquille d'œuf que l'on a gobé, souffle Boulotte.

— Oui. Et il y avait le trésor de Ramsès IV à l'intérieur. Vous vous rendez compte ! Quelle surprise soufflante !

Subitement, elle se fige. Prenant une pose napoléonienne, elle déclare froidement :

— D'ailleurs, je le savais ! Quand on est une égyptologue éminente comme moi, on connaît tous les secrets des pharaons.

Françoise fait observer ironiquement :

— Puisque tu le savais, pourquoi ne l'as-tu pas dit ?

— Parce qu'on ne me l'a pas demandé.

— Eh bien, puisque tu es si forte, dis-nous donc où est passé le trésor !

— Le trésor ? Il est... heu... Attends, je vais chercher mon pendule.

Elle quitte la pièce en courant, revient avec un fil auquel est attachée une poignée de porte en forme de boule.

— Tiens ! dit Françoise, je croyais que la radiesthésie était une vaste blague ?

— Pas avec ce pendule. Je l'ai calculé spécialement pour qu'il marche. La longueur du fil fait exactement 23 centimètres.

— Et alors ?

— Je suis née un 23 mars.

Ayant donné cette raison hautement scientifique, Ficelle étale sur la table un plan de Paris. Puis elle prend un air solennel et le pendule qu'elle tient au-dessus du plan, en s'efforçant de ne pas bouger. Comme Françoise a du mal à garder son sérieux et que le rire est un phénomène contagieux, Boulotte se met à rire aussi en s'étranglant à moitié avec ses rillettes. Ficelle proteste.

— Défense de plaisanter ! C'est très important ! Vous m'empêchez de me concentrer... Plus je serai concentrée, plus...

— ... tu ressembleras à une tomate ! dit Boulotte.

Malgré les sarcasmes de ses deux amies, Ficelle s'entête à promener sa boule au-dessus du plan. Elle annonce bientôt :

— Ça y est ! Il tourne en ronds serrés

au-dessus du bois de Boulogne ! C'est là qu'il faudra aller creuser. Françoise, tu me prêteras tes aiguilles à tricoter pour que j'aille sonder le terrain.

— Entendu.

— Boulotte, tu m'accompagnes au Bois ?

— Que veux-tu que j'aille faire là-bas ?

— Il y a des marchands de glaces dans ce coin. De bonnes glaces à la vanille, à la pistache, au chocolat...

Boulotte passe une langue gourmande sur ses lèvres et opine avec enthousiasme :

— D'accord, je vais avec toi.

— Et toi, Françoise ?

— Moi ? Je ne crois pas à tes histoires de boules tournantes. Tu as bien vu l'autre jour que c'est n'importe quoi.

— Je te répète que c'était à cause du pendule. Maintenant, ça va marcher comme sur des roulements à billes. Veux-tu venir ? Dans une heure, j'aurai récupéré le trésor, et ce soir on me verra à la télé, avec un vase de Ramsès à la main et son chapeau en or sur la tête. J'aurai l'air extra !

Malgré ces perspectives alléchantes, Françoise refuse. Vexée, Ficelle lui tourne le dos.

— Bon, si tu préfères rester à compter les pattes des araignées pendues au plafond, comme tu voudras ! Moi, je me dirige d'un pied ardent vers la gloire !

— ... et les crèmes glacées ! complète Boulotte.

Grâce au coup de téléphone de Fantômette, *France-Flash* est le premier à titrer : *L'obélisque : creux comme une paille !* Œil de Lynx a ainsi rédigé le début de son article :

Le fabuleux trésor de Ramsès IV s'y trouvait caché depuis trois mille ans. Telle est la fantastique révélation que devait faire le professeur Pflafluff avant d'être enlevé. Il est probable que le responsable de cet enlèvement soit aussi celui qui a volé le trésor au cours de la nuit dernière. Selon Fantômette – qui a découvert toute l'affaire –, il s'agirait de l'architecte Mykonos. Le commissaire Maigrelet n'a pu que constater la disparition de l'architecte, lequel est maintenant aussi introuvable que le trésor.

Fantômette replie le journal et réfléchit.

« Nous sommes en effet devant une triple disparition. Le savant, le trésor, l'architecte. Il est probable que tous les trois sont actuellement ensemble. Mais où ? Ni au domicile de Mykonos, bien sûr, ni à son bureau d'études, que le commissaire Maigrelet a dû fouiller en détail. Où peut-il être allé ? »

Elle quitte le fauteuil où elle s'est assise, fait quelques pas à travers sa chambre.

« Mykonos est un homme intelligent qui semble n'agir qu'à coup sûr. Son affaire a été bien préparée. Probablement, il s'est ménagé une retraite sûre, où il sera difficile de le dénicher... Or, d'après ce que m'a dit Maigrelet, on ne l'a vu récemment qu'à deux endroits différents : au métro Concorde, et chez un sculpteur grec. Voyons... j'ai noté l'adresse sur ce carnet... 17, rue des Balançoires. Eh bien, je pense qu'il faut aller faire un tour de ce côté... »

La rue des Balançoires est une de ces voies tortueuses qui serpentent sur les flancs de la butte Montmartre.

Pour enquêter dans ce quartier qui conserve par endroits des allures de village provincial, Fantômette s'est déguisée en touriste. Pantalon blanc, sandales, tee-shirt bariolé, casquette de toile, lunettes de soleil. Elle porte sur l'épaule un grand sac fourre-tout. En sifflotant, le nez en l'air, elle flâne comme un photographe à la recherche de paysages pittoresques. Elle s'engage d'un pas tranquille dans la rue des Balançoires, s'arrête après une cinquantaine de mètres.

Entre une épicerie et la boutique d'un marchand de tableaux, le numéro 17 occupe le fond d'une cour. C'est une vieille maison à deux étages, grisâtre et lézardée, que des géraniums anémiques, perchés sur les appuis des fenêtres, tentent d'égayer. Au-dessus de la fenêtre la plus haute est installée une sorte de portique muni d'une poulie, sur laquelle passe une corde soutenant une plate-forme de bois. Cette plate-forme peut donc monter et descendre le long de la façade. Fantômette se demande quel peut en être l'usage. Et afin d'obtenir une réponse à cette question, elle entre dans l'épicerie et achète une bouteille de citronnade.

La patronne est une petite vieille active comme une souris, qui sert sa clientèle sans cesser de parler de la pluie ou le beau temps, la hausse des légumes ou la baisse de la température. Tout en bavardant, Fantômette fait allusion à ce qu'elle vient d'apercevoir dans la cour :

— Vos voisins ont un ascenseur amusant. Cette espèce de planche accrochée à une poulie...

— Ah ! oui. Le monte-charge de M. Théodocratis. C'est le sculpteur d'à côté.

— Il a besoin d'un monte-charge ?

— Mais oui. Pour monter ou descendre ses sculptures. L'escalier est trop étroit, vous savez. Alors, quand il a besoin d'un bloc de pierre, il le met sur la planche, tire sur la corde et le fait passer par sa fenêtre. Et quand ses statues sont finies, il les fait descendre par le même chemin. Même qu'un jour il a éternué et a lâché la corde. La statue est redescendue à toute vitesse et s'est brisée en mille morceaux. Ah ! il n'était pas content !

— Je comprends cela. En ce moment, il est dans son atelier ?

— Sûrement. Il vient tous les jours m'acheter des provisions. Je ne l'ai jamais vu manger autant !

— Bien, merci.

Fantômette paie sa limonade et sort, le sourire aux lèvres. Elle vient d'apprendre un fait qui confirme ce qu'elle suppose : *le sculpteur mange beaucoup plus que d'habitude.*

Sans plan bien défini, avec seulement l'idée de tâter le terrain, elle traverse la cour, entre dans l'immeuble et commence à monter un escalier en colimaçon qui fleure la moisissure. Comme elle parvient sur le palier du second étage, une porte au-dessus d'elle s'ouvre et se referme.

« Mille pompons ! Le sculpteur qui sort de son atelier ! »

Elle fait rapidement demi-tour, redescend l'escalier avec la légèreté d'une ballerine et revient en courant dans la rue des Balançoires. Elle sort de son sac fourre-tout un appareil photo qu'elle braque vers un chat noir perché sur un vieux mur, tout en surveillant du coin de l'œil le sculpteur qui sort de sa maison. Un grand gaillard moustachu en blouse blanche, auréolé par la fumée d'une grosse pipe.

Il entre dans l'épicerie, en ressort les bras chargés de sacs en plastique contenant des provisions.

« De quoi nourrir plusieurs personnes, pense Fantômette. Il est très probable qu'il y a chez lui le professeur Pflafluff retenu prisonnier, et l'architecte qui se cache de la police. »

Quand Théodocratis est retourné dans la maison, Fantômette y revient également. Elle monte en silence jusqu'au second étage, où un écriteau fixé sur une porte indique : *Théodore Théodocratis, sculpteur.* Elle colle l'oreille contre cette porte. Une voix de basse – celle de l'artiste sans doute – lui parvient :

— J'ai pris du pâté, des sardines et des poires. Et deux litres de vin rouge. Très bon, le vin... Ça ira ?

Quelqu'un répond :

— Oui, je commence à avoir faim.

Fantômette frémit : c'est la voix de l'architecte Mykonos. Un autre homme ajoute alors :

— Moi aussi, j'ai faim !

Fantômette reconnaît le professeur Pflafluff.

« Ils sont là tous les trois ! J'avais donc raison... »

Elle en sait assez pour l'instant. Toujours en souplesse, elle revient au rez-de-chaussée d'où elle téléphone au journaliste Œil de Lynx.

— Allô ? Voulez-vous faire une fois de plus le reportage de votre vie ? ... Oui ? Alors venez au 17, rue des Balançoires. Il y a des choses intéressantes... Non, je ne vous dis pas ce que c'est, mon cher. Vous le verrez bien. Et apportez votre appareil photo, il pourra servir... Comment ? Vous ne serez pas libre avant une heure ? Eh bien, venez quand vous pourrez. Au revoir !

— Je te dis qu'il s'est arrêté au-dessus de cette allée !

— Tu crois ? Il me semble qu'il était plus à gauche, vers l'hippodrome.

— Non, non, c'est par là...

Ficelle, à genoux sur une pelouse où elle a étalé sa carte, observe attentivement le balancement de son pendule, sous l'œil de Boulotte qui déguste un double cornet de glace rouge et verte (framboise et pistache). Depuis trois heures, les deux filles errent dans les allées du bois de Boulogne. Parties de la porte de Passy, elles ont tourné en rond au carrefour des Cascades, contourné le Lac supérieur, franchi l'avenue de Saint-Cloud, longé la route de Boulogne, traversé des allées, et se sont égarées un certain nombre de fois. Après avoir indiqué l'hippodrome comme lieu probable de cachette pour le trésor de Ramsès IV, le pendule tourne obstinément en rond au-dessus de la tache bleue figurant le lac. Dix minutes plus tard, la grande Ficelle manie énergiquement une paire de rames afin de propulser la barque qu'elle a louée pour une heure. Assise à l'arrière, Boulotte laisse traîner sa main gauche dans l'eau. Sa main droite tient une petite bouteille de menthe dans laquelle plonge une paille.

D'un ton convaincu, Ficelle répète :

— Le trésor sera bientôt à nous. Encore quelques minutes, et nous mettrons la main dessus. Il doit être caché quelque part sur une des berges, près d'ici. Ou alors, le voleur n'a pas eu le temps de l'enterrer, et il l'a jeté à l'eau. Je vais vérifier.

Un nouveau contrôle au moyen du pendule indique sans doute possible que la barque vient d'atteindre le point exact où le trésor est immergé. Ficelle cesse de ramer, puis elle sort d'un sac un engin de pêche qui aurait fait éclater de rire la plus stupide des truites. Il s'agit d'un bout de ficelle à laquelle est attachée une épingle à maillot.

— Voilà. Avec cet ingénieux système, je vais récupérer le trésor en moins de temps qu'il n'en faut pour le faire.

Elle jette son crochet à l'eau, attend en comptant de dix à zéro, puis tire lentement sur la ficelle. L'épingle apparaît à la surface.

— Oh ! ce n'est pas possible !

La bouche ouverte, les yeux ronds, la grande Ficelle contemple l'épingle à laquelle pend un brin d'herbe aquatique.

— Il n'y a pas de trésor ! Je n'ai rien remonté !

— Essaie encore, conseille Boulotte.

Un deuxième essai n'amène même pas un brin d'herbe, pas plus qu'un troisième. La grande fille soupire.

— Rien ! Pas plus de trésor que de glace à Tombouctou. Quel malheur ! Ce n'est pas rigolo du tout.

— Tu as raison, Ficelle, ce n'est pas drôle. Peut-être que ton pendule ne marche pas ?

— Si, il marche très bien. Seulement le trésor n'est pas ici, voilà tout.

Elle donne le signal de la retraite. Sur le chemin du retour, elle confie à Boulotte :

— Je crois bien que je vais essayer autre chose que la radiesthésie.

— Quoi donc ?

— La cartomancie. Tu sais, l'art de tirer les cartes. Je vais me tirer les cartes avec un jeu des 7 familles, et je vais mettre la main sur ce trésor.

— Tu crois que ça va marcher ce coup-ci ?

Ficelle prend un air suprêmement dédaigneux.

— Pourquoi ça ne marcherait pas ? Me prendrais-tu par hasard pour une nouille sous-développée ? Je te dis et je te déclare que dans moins d'un jour ou d'un an, je serai propriétaire du chapeau de Ramsès IV.

— Tu crois ?

— C'est comme si c'était fait. Bientôt, on trouvera mon nom dans le dictionnaire à la lettre F. On pourra lire : FICELLE – Célèbre égyptologue à qui l'on doit la découverte du trésor de Ramsès IV. Grâce à sa jolie lucidité, à sa finesse épaisse et à son intelligence pointue, elle a réussi là où tout le monde avait piteusement échoué depuis des tas de siècles. Son nom restera collé sur le tableau des grandes découvertes, et à l'école on étudiera attentivement son histoire, soigneusement mélangée aux exploits de Christophe Colomb, de Jeanne d'Arc et des astronautes lunaires !

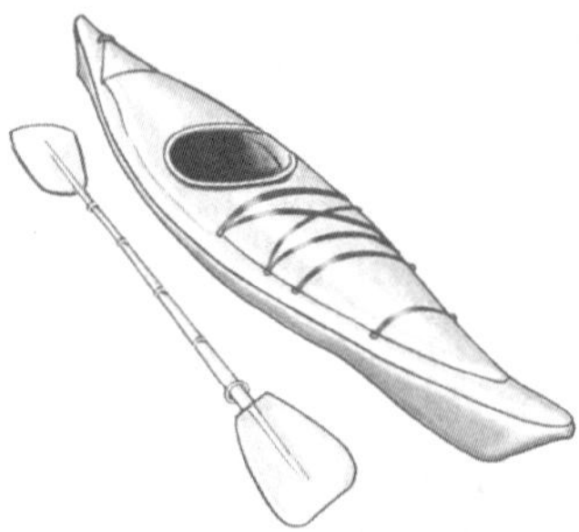

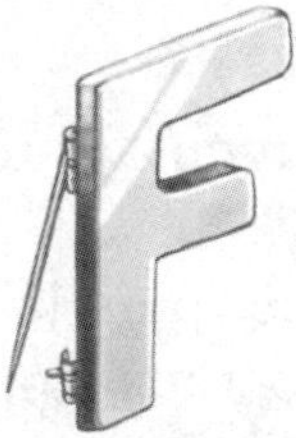

chapitre 11

Les pyramides

En trois mouvements, Fantômette escalade le vieux mur qui a servi de perchoir au chat noir, saute de l'autre côté. Il y a là un petit parc faisant partie d'une propriété privée, déserte en cette période de vacances. La jeune aventurière ouvre son sac fourre-tout, troque ses vêtements de touriste contre la tenue de soie qu'elle porte au cours de ses expéditions, et saute de nouveau par-dessus le mur.

Quoiqu'il fasse encore plein jour, elle n'hésite pas à traverser la rue des Balançoires. Les trois quarts des maisons ont leurs volets clos et aucun passant n'est visible en cette fin d'après-midi. Elle entre dans la cour, monte l'escalier qui mène à l'atelier du sculpteur et frappe trois coups à la porte.

Une voix demande :

— Qu'est-ce que c'est ?

— Pour un renseignement, répond Fantômette.

Il y a un instant de silence, puis la porte s'ouvre et Théodore Théodocratis apparaît. À la vue de cette espèce de diable masqué, il fronce ses gros sourcils.

— Quelle est cette mascarade ? Mardi gras, c'est passé depuis longtemps. Qui êtes-vous ?

— Comment ? Vous ne me connaissez pas ? Vous n'avez jamais entendu parler de l'illustre Fantômette ?

Sans laisser au sculpteur le temps de réagir, elle force le passage, et jette un coup d'œil autour d'elle. L'atelier est occupé par une série de moulages et de sculptures en plâtre représentant des personnages de l'Égypte ancienne, Isis, Osiris, le dieu-soleil Râ, le taureau Apis. L'ambiance égyptienne est accentuée par la présence de trois pyramides de taille décroissante, dont la plus grande a à peu près les dimensions d'une tente de camping pour deux personnes.

Fantômette s'attend à voir le professeur Pflafluff et l'architecte Mykonos, mais le sculpteur est tout seul. Sans se démonter, elle commente :

— Vous vous intéressez beaucoup aux monuments égyptiens, à ce que je vois !

— Qu'est-ce que ça peut vous faire ? réplique sèchement Théodocratis.

— C'est tout simplement passionnant ! ... Belles ébauches de sculptures ! ... Ce sont des maquettes, n'est-ce pas ? Qui seront reproduites plus tard en pierre ou en marbre. Vous travaillez sans doute pour un musée ? Non ? Pour un collectionneur particulier, alors ? Un amateur d'antiquités ? Non plus ? Pour le cinéma, alors ? Vous préparez les décors d'un film sur la vie des pharaons ?

La réponse tarde à venir. Mais Fantômette se soucie peu d'une réponse. Elle va et vient, très à l'aise, s'arrête pour toucher une pyramide, gratte de l'ongle une statuette, sourit et parle d'un ton enjoué.

— Vous êtes un véritable artiste, monsieur Théodocratis... Admirables, ces sculptures... Un peu bâclées, peut-être, mais quelle ligne, quel mouvement ! Quand je voudrai orner mon jardin, je vous commanderai une douzaine de pyramides. Au milieu de ma pelouse, ce sera d'un effet charmant.

Le sculpteur plisse son front. Il retire la

pipe de sa bouche, la pointe vers Fantômette et menace :

— Dites-moi ce que vous voulez, et filez ! Je n'ai pas de temps à perdre.

— Vous avez raison. Moi non plus, je n'ai pas de temps à perdre.

Elle s'approche du sculpteur, le regarde droit dans les yeux, et demande :

— Où est le professeur ?

Théodocratis sort un paquet de tabac de sa poche, commence calmement à bourrer sa pipe, et demande à son tour :

— Quel professeur ?

Fantômette hausse les épaules.

— Inutile de vouloir jouer au plus fin. Le professeur Pflafluff est ici, de même que l'architecte Mykonos.

Théodocratis montre l'atelier d'un geste circulaire et ricane :

— Si vous pouvez les voir, c'est que vous avez vraiment de bons yeux.

— J'ai les yeux assez bons pour voir d'ici ces trois verres et ces trois assiettes mal cachés sous ce journal, dans le coin là-bas...

Le sculpteur secoue la tête.

— Je ne fais la vaisselle que de temps en temps. Elle s'accumule.

Il allume sa pipe.

— Maintenant, filez et que je ne vous revoie plus.

— Désolée, mais je ne repartirai qu'avec le professeur.

Et Fantômette s'assoit sur un tabouret. Le sculpteur fait un pas vers elle, menaçant :

— Je vous ai déjà dit de partir ! Faut-il que je vous mette dehors de force ?

— En me faisant passer par la porte ou par la fenêtre ?

Agacé, le sculpteur empoigne un bras de Fantômette pour la faire descendre du tabouret. L'instant d'après, il lâche sa prise en poussant un cri de douleur. Elle vient de lui envoyer un coup de pied dans le tibia. Il se plie en deux pour frotter sa jambe meurtrie et mâchonne :

— Ah ! la petite peste ! Tu vas me payer ça ! Je vais te démolir...

Fantômette descend de son siège, s'approche de la plus grande pyramide et frappe sur le plâtre en appelant :

— Ohé ! Socrate ! Votre copain le sculpteur veut me démolir ! Venez donc au secours de votre petite amie... Hé, Socrate ! Tu as fini de jouer à cache-cache, pharaon amateur ! momie d'opérette !

Le haut de la pyramide bascule comme un

couvercle, et la tête de l'architecte Mykonos apparaît. Il crie au sculpteur :

— Ça va, laisse-la !

Puis il enjambe le rebord, saute sur le plancher et brosse de la main ses vêtements blanchis par le plâtre. Fantômette le salue ironiquement.

— Vous avez raison de ne pas rester dans cette boîte ! Ce ne doit pas être tellement confortable !

Mykonos ne réplique pas. Il réfléchit, visiblement contrarié par l'intervention de la jeune aventurière. Le sculpteur grogne :

— Comment est-elle au courant de nos affaires ?

— Elle me surveille depuis quelques jours, dit Mykonos. C'est à cause d'elle que j'ai dû déménager Pflafluff. J'ai bien essayé de la lancer sur une fausse piste, mais ça n'a pas marché.

— Eh bien, dit Fantômette, je n'avais pas très envie de faire des trous dans toute la forêt de Fontainebleau. Encore heureux que votre copain Jérôme ne m'ait pas expédiée en Amazonie ! ...

Le sculpteur intervient :

— Alors, qu'allons-nous en faire ?

Socrate Mykonos se gratte le menton,

perplexe, se demandant quelle décision il doit prendre. Il finit par trouver une solution.

— Nous allons la laisser avec Pflafluff. Elle restera enfermée jusqu'à ce que nous ayons eu le temps de nous mettre à l'abri. Après tout, il y a de la place pour deux dans cette pyramide...

— Entendu, approuve Théodocratis. On la ficelle ?

— Bien sûr.

Ils ont beaucoup de mal à immobiliser Fantômette qui leur distribue généreusement coups de pied et de poing, les griffe et les mord. Quand ils réussissent enfin à l'attacher, leur visage porte des traces visibles et douloureuses de la lutte. Mykonos sort un mouchoir pour s'essuyer le front et soupire :

— Ouf ! Voilà une bonne chose de faite. Il ne reste plus qu'à lui fermer le bec avec un chiffon.

— Belle bataille, approuve Fantômette, et qui réjouira les lecteurs de *France-Flash*.

— Comment ?

— Je dis que les lecteurs de ce grand journal seront passionnés par le récit de ce combat, et fascinés par les photos qui en montreront les principales phases. Un million de lecteurs, messieurs ! Ils seront un million à admirer la superbe balafre qui décore votre joue droite, mon cher Socrate, et la grosse égratignure qui a écorché votre nez, mon petit Théodore !

L'architecte fronce les sourcils.

— Comment ? Que veux-tu dire ? Je ne comprends pas !

— Vous ne comprenez pas ? Alors, jetez un coup d'œil par cette fenêtre, et vous comprendrez tout de suite.

L'architecte et le sculpteur tournent la tête d'un même mouvement. Ils poussent un cri de surprise. De l'autre côté des vitres, au niveau de leur nez, un jeune homme coiffé d'une casquette à carreaux semble planer dans l'espace. Il tient à la main un appareil photo de reportage.

— Messieurs, j'ai l'honneur, le plaisir et l'avantage de vous présenter le fameux Œil de Lynx, reporter à *France-Flash,* qui a adroitement utilisé le monte-charge pour venir jusqu'à notre niveau.

C'est bien ce qu'il a fait. Après avoir monté l'escalier en silence et écouté à la porte, le dialogue échangé par Fantômette et les deux hommes lui a révélé que des choses intéressantes se passaient dans l'atelier. Il est aussitôt redescendu, a pris place sur la plate-forme et s'est hissé jusqu'au second étage. De là, il a pu prendre des photos sans être vu par les deux Grecs qui étaient trop occupés à maîtriser la jeune justicière.

Abandonnant sa planche-ascenseur, il pousse un battant de la fenêtre entrouverte et pénètre dans l'atelier en disant :

— Messieurs, si j'ai un conseil à vous donner, c'est de délivrer cette jeune personne au plus vite. La police sera là dans cinq minutes.

— Bravo pour votre entrée ! s'écrie Fantômette, une apparition digne d'un héros de série ! Fantômette délivrée par Œil de Lynx... Vous allez faire un article génial... L'article de votre vie, bien sûr !

Affolés, Mykonos et Théodocratis s'empressent de couper les liens de Fantômette qui ordonne :

— Tant que vous y êtes, sortez donc ce pauvre professeur de sa pyramide ! Il doit commencer à se demander s'il y restera trois mille ans...

Le sculpteur et l'architecte escaladent la pyramide et en font sortir le malheureux savant qui est ficelé et bâillonné. Ils le détachent et lui enlèvent le chiffon qui lui ferme la bouche, lequel n'était ôté qu'au moment des repas. Comprenant qu'on le délivre définitivement, le professeur ajuste ses lunettes sur son nez et entame un discours sur un ton véhément :

— Je proteste ! Je proteste énergiquement contre le traitement indigne qu'on a fait subir à un professeur diplômé de l'Académie des inscriptions et belles-lettres, à un éminent archiviste, à un archéologue distingué, membre de l'Académie du Caire, correspondant de l'Association paneuropéenne pour la sauvegarde des monuments de la Haute-Égypte, auditeur au Collège de France, docteur *honoris causa* du Massachusetts Institute...

Pendant que le professeur élève la voix, Théodocratis et Mykonos esquissent un mouvement vers la sortie. Œil de Lynx avertit Fantômette.

— Hé ! attention ! Ils essaient de filer !

— Bah ! laissez-les faire.

— Comment ? Mais ce sont deux voleurs !

— Eh bien, pour une fois, je les laisse courir. Ils ne m'intéressent pas.

— Ils vont s'en aller avec le trésor !

— Pas du tout. Vous voyez bien qu'ils partent les mains vides.

Les deux hommes en effet s'enfuient sans rien emporter, trop heureux de disparaître avant l'arrivée des policiers. Fantômette se tourne vers le reporter en souriant :

— Je parierais que vous n'avez alerté personne ? C'était du bluff, hein ?

— Oui. J'ai dit que la police allait venir, mais uniquement pour leur faire peur.

— Bien manœuvré !

Le professeur intervient :

— Que vous laissiez s'envoler des individus qui m'ont enlevé et séquestré, c'est votre affaire ! Mais votre générosité va être la cause d'un grand malheur.

— Lequel ? demande Fantômette.

— Vous ne comprenez donc pas qu'ils vont aller récupérer le trésor ailleurs ? Ils ont dû le mettre dans quelque cachette, et on ne les reverra plus.

Fantômette secoue la tête.

— Ne vous inquiétez pas pour cela, professeur. Le trésor de Ramsès IV est en sûreté, et ils ne l'emporteront pas.

— En sûreté ? Où donc ?

— Comment ? Vous ne devinez pas ?

Le professeur écarte les bras en un geste d'ignorance.

— Je ne vois pas... Il n'est tout de même plus dans l'obélisque ?

— Ah ! non, il n'y est plus. Mykonos l'a déménagé.

— Où l'a-t-il mis ?

— Il vous crève les yeux, ce trésor ! Il est ici.

— Ici ?

— Vous ne voyez donc pas ces statues de plâtre ? Cette Isis ? Cet Osiris ? Ce taureau sacré ? Ces vases...

— Du plâtre !

— Oui, du plâtre. En surface. Mais en dessous...

Fantômette saisit un marteau, frappe la statue du taureau. Le plâtre se brise, révélant l'éclat jaune de l'or.

— Vous voyez, professeur, ils ont tout enrobé de plâtre. Les statues, les vases sont camouflés sous un habillage d'aspect vulgaire, qui aurait permis à nos bonshommes de transporter le trésor sans éveiller l'attention ou de l'expédier à l'étranger. Une idée très simple, en somme, donc excellente. Et ils auraient réussi...

— ... si vous n'étiez pas intervenue, coupe Œil de Lynx en braquant son appareil sur Fantômette.

Il cadre soigneusement et dit :

— Prenez donc le marteau en main et levez-le... Très bien... Fantômette démolissant les fausses statues, ce sera...

— Ce sera extra, comme dirait quelqu'un que je connais bien.

Cependant le professeur Pflafluff se penche avec une ferveur admirative sur la statue d'Osiris. Délicatement, avec un ciseau de sculpteur, il finit de dégager la statuette d'or sertie de pierreries. La voix tremblante d'émotion, il murmure :

— Ah ! que c'est beau ! Quelle merveille ! Penser que cela est resté enfermé pendant des millénaires, et que maintenant on pourra le voir pendant autant de siècles ! Quelle émotion ! Ah ! cette statue est le plus beau jour de ma vie ! Mademoiselle Fantômette, je vous serai éternellement reconnaissant pour l'immense joie que vous me donnez aujourd'hui !

Il se retourne, les mains levées en un geste d'extase.

Plus personne ne se trouve dans l'atelier.

chapitre 12

Marc de café

— Alors, Boulotte, il est fini, ton café ?

— Attends un peu, Ficelle, laisse-lui le temps de passer...

— Il y a dix minutes que tu as commencé.

— Justement, il faut dix minutes pour qu'il soit bon. Sinon, c'est du jus de chaussette... Voilà ! on peut verser.

Boulotte remplit trois tasses de café et donne la cafetière à Ficelle qui s'en empare avec empressement. La grande fille la démonte, la renverse et fait tomber le marc sur une assiette. Puis elle s'assoit, met ses mains sur ses tempes, prend un air inspiré et ne bouge plus. Françoise observe :

— Je croyais que tu devais chercher le trésor au moyen de la cartomancie ?

— Avec des cartes ? Oui, mais je crois qu'il vaut mieux se servir du marc de café. J'ai lu un article dans *Ici Dimanche* sur les diseuses de bonne aventure qui se servent du marc de café. C'est idéal !

— Tu espères trouver le trésor de cette façon ?

— Oh ! oui... La marc-de-cafétomancie marche à tous les coups... Ah ! je commence à voir quelque chose... Il y a là comme une sorte de montagne... Et ici une espèce de vallée... Je subodore que le trésor est entre les deux...

Françoise se lève.

— Cela ne te dérange pas que je mette la télé ?

— Non, non. Je suis capable d'une concentration tellement énorme, qu'on pourrait faire exploser une bombe H à dix centimètres de mon nez sans que je m'en aperçoive.

— Bon, tant mieux.

Françoise allume la télévision. C'est l'heure des informations. Le présentateur annonce que le ministre de l'Agriculture vient de planter le premier chou de la région Languedoc-Normandie, et que la France a exporté au cours de l'année écoulée trois mille tonnes de poil à gratter. Il annonce ensuite :

« On vient enfin de retrouver le fameux trésor de Ramsès IV qui, comme chacun sait, se trouvait précédemment dans l'obélisque de la Concorde. Grâce à l'intervention de la jeune aventurière qui se fait appeler Fantômette, les statues, les bijoux et les vases d'or ont été récupérés par Œil de Lynx, un journaliste de notre confrère *France-Flash.* Ces précieux objets se trouvaient dans l'atelier d'un sculpteur montmartrois, où le professeur Pflafluff était prisonnier depuis une semaine. Ils vont maintenant être remis au département d'égyptologie du Louvre, et dans quelques jours, le public pourra les admirer. Ces antiquités d'une valeur inestimable seront réunies dans une salle qui sera appelée *Salle Fantômette.* »

Boulotte repose la tasse qu'elle vient de vider et s'exclame :

— Eh bien ! Qui aurait cru que Fantômette retrouverait le trésor ! Dire que nous l'avons cherché à Fontainebleau, et qu'il était en plein Paris ! Remarque que je ne regrette pas notre journée en forêt... Le pique-nique était délicieux...

On voit apparaître sur l'écran les statues d'Isis, d'Osiris et du taureau Apis, où ne se distingue plus la moindre trace de plâtre, ainsi que les vases et les bijoux qui scintillent merveilleusement. Les images suivantes étant consacrées à la fabrication des carburateurs, Françoise éteint la télévision et s'assoit de nouveau en disant :

— Eh bien, voilà terminée une aventure de Fantômette. Je me demande quelle sera la prochaine... Ira-t-elle au pôle Nord, au fond d'un gouffre ou sur la Lune ? À moins que...

La grande Ficelle interrompt la phrase de son amie. Elle se redresse brusquement en s'écriant :

— Ça y est ! Je viens de voir dans le marc de café l'endroit exact où se trouve le trésor de Ramsès IV !

— Mais... commence Boulotte.

— Tais-toi ! Je l'ai vu aussi clairement qu'un grain de sable sur la plage. Il est exactement au milieu du centre de l'endroit qui se trouve entre les quatre pieds de la tour Eiffel ! Tout juste à cet endroit et pas ailleurs ! C'est là qu'il faut aller et creuser ! Vite ! Il n'y a pas une minute à perdre ! Boulotte, prépare un panier de provisions ! Françoise, va chercher tes aiguilles à tricoter ! Grâce à mon flair intempestif, dans moins d'une heure nous aurons sous le nez le chapeau et les souliers du Pharaon ! Allons, allons, dépêchez-vous ! ... La fortune et la gloire nous attendent !

Découvre bientôt une nouvelle aventure de la justicière masquée :

Fantômette et l'île de la sorcière

Connecte-toi vite sur le site de tes héros préférés :

www.bibliotheque-rose.com

- *Tout sur ta série préférée*
- *De super concours tous les mois*

Et retrouve vite Fantômette dans les autres tomes de la série :

Fantômette contre le Géant

Fantômette et la maison hantée

Fantômette contre le hibou

Fantômette au carnaval

Pas de vacances pour Fantômette

Fantômette a la main verte

Fantômette et la télévision

Fantômette chez le Roi

Fantômette contre Fantômette

Opération Fantômette

Les sept Fantômettes

Fantômette et la dent du diable

Fantômette et le magicien

Table

« Pour l'éditeur, le principe est d'utiliser des papiers composés de fibres naturelles, renouvelables, recyclables et fabriquées à partir de bois issus de forêts qui adoptent un système d'aménagement durable. En outre, l'éditeur attend de ses fournisseurs de papier qu'ils s'inscrivent dans une démarche de certification environnementale reconnue. »

Composition JOUVE - 45770 Saran
N° 612279M

Imprimé en Roumanie par G. Canale & C. S.A.
Dépôt légal : mai 2011
20.20.2426.3/01 - ISBN 978-2-01-202426-7

Loi n° 49-956 du 16 juillet 1949
sur les publications destinées à la jeunesse.